# Vor- und Weihnachtliches zum Vor- und Lesen

Markus Deutsch

# Vor- und Weihnachtliches zum Vor- und Lesen

Markus Deutsch

Deutsche Erstausgabe
© 2019 Markus Deutsch
c/o Papyrus Autoren-Club
Pettenkoferstr. 16-18
10247 Berlin

Korrektorat, Lektorat, Layout: Lektor-hoch-drei, Waiblingen
www.lektor-hoch-drei.de
Bildvorlage Cover: © Hanna Deutsch
Herstellung und Verlag: BoD – Books on Demand, Norderstedt

ISBN: 978-3-748-17368-7

Bibliografische Information der Deutschen Nationalbibliothek:
Die Deutsche Nationalbibliothek verzeichnet diese Publikation in
der Deutschen Nationalbibliografie; detaillierte bibliografische Daten
sind im Internet über http://dnb.dnb.de abrufbar

# Für

Bianca, Lukas, Helen, Hanna, Adrian und Miriam,

Walter und Annerose,

Petra, Martin, Andreas mit Bettina, Anja und Monika,

Gerti, Gerd und Jo

und alle anderen, die ich zu meiner Familie heute und künftig dazuzählen darf.

# Inhalt

# Vor- und Dankesworte

Es ist eine langjährige Weihnachtstradition, dass ich zu jedem Fest eine kleine Geschichte verfasse. Das begann schon, als ich noch zuhause bei meinen Eltern lebte, und es hat sich bis heute gehalten – bis heute, da meine ersten Kinder bereits das Haus verlassen haben. Die Geschichten sollten immer ein wenig schelmisch und doch hintergründig wirken. Zum (Vor-)Lesen und Zuhören. Anfangs hat sich das Motiv der in der Weihnachtsnacht sprechenden Tiere durch die Geschichten gezogen, später rückten biblische Motive in den Mittelpunkt. Und überall steht meine große Liebe für dieses Fest an erster Stelle – mein Faible für das Besondere und Besinnliche an der Vor- und Weihnachtszeit. Viel Spaß beim Vor- und Lesen.

Ganz lieben Dank an Lukas, der für dieses Buch eine eigene Geschichte aus seinen Kindertagen beigesteuert hat, und an Hanna für das treffende Bild, das wir für die Titelseite verwendet haben.

Herzlichen Dank auch an Bianca und Helen, die über Stunden hinweg die handschriftlichen, teils schwer entzifferbaren Geschichten abgetippt haben, und an Adrian und Miriam für ihre unermüdlichen Kommentare und Inspirationen zu den Figuren in den Geschichten.

Und natürlich vielen Dank an Holger Jörg, der mit akribischer Sorgfalt Fehler ausgemerzt und meinen Texten den letzten Schliff gegeben hat.

Oberderdingen, 15. Januar 2019
Markus Deutsch

9

# Ein Weihnachtsgedicht

Eine Flasche Mineralwasser
Rülpste laut und klar
Am ersten Weihnachtsfeiertag.

Das Joghurt war über und über
Mit Joghurt beschmiert,
Derweil sich das Frühstücksei
Selbst den Kopf abgehackt hatte.

Ein Tag wie jeder andere – oder?

.

# Früheres

# Matthias und die Tiere

Der kleine Matthias war erst fünf Jahre alt, und wie alle fünfjährigen Matthiasse ging er noch in den Kindergarten. Als er am 23. Dezember das letzte Mal für dieses Jahr vom Kindergarten nach Hause kam, ahnte er noch nicht, dass dieses Jahr das Weihnachtsfest für ihn etwas anders als sonst verlaufen würde. Auch abends, als seine Mutter noch kurz, zwischen zwei Backofenladungen, die übrigens die ganze Wohnung mit einem herrlichen, einem verführerisch herrlichen Duft füllten, zu ihm kam, um mit ihm zu beten, und ihm sagte, dass sie jetzt wieder hinaus müsse, sonst würde das Essen anbrennen, da war noch alles wie die vielen Jahre zuvor. Nun ja, es waren für ihn ja bisher nur fünf.

Erst als er am nächsten Morgen erwachte, schien sich um ihn doch einiges verändert zu haben. Nicht wie üblich weckten ihn sein Vater oder seine Mutter mit den Worten: „Matthias, jetzt steh langsam auf, du weißt doch, wir wollen heute noch zu Tante Martha und dann noch zu Oma, und heute Abend wollen wir doch auch nicht zu spät nach Hause kommen, und jetzt könntest du ein wenig helfen und ..." Nein, es war eine leise, doch kräftige Stimme über ihm.

„Du da!"

Matthias sah sich verdutzt um. Er konnte nichts sehen.

„He, du da!"

Wieder sah er sich um; war *er* damit gemeint? Er konnte nichts bemerken außer einer kleinen Spinne, die sich an ihrem Faden über seinem Bett von der Decke heruntergelassen hatte. Sie blinzelte ihm mit ihren winzigen Knopfaugen zu. Sprach sie mit ihm? Er wischte sich den Schlaf aus den grünblauen Augen. „Spinne – sprichst du mit mir?"

„Ja, du wachst aber auch gar nicht auf, ich bin schon eine ganze Stunde auf meinen sechs Beinen."

Matthias richtete sich jetzt auf, langsam erinnerte er sich an seine Kindergartentante, die immer zu ihm gesagt hatte, dass am Weihnachtstag alle braven Kinder die Sprache der Tiere verstehen könnten und dass auch er deshalb brav sein sollte. Bisher hatte er es immer für eine billige Masche gehalten und war deshalb nur äußerst selten auf diesen Erpressungsversuch eingegangen.

Aber da hatte er sich wohl doch getäuscht! Er musterte die Spinne, die direkt vor seinen Augen baumelte, genauer und bemerkte, dass sein Atem die Spinne etwas zum Schaukeln brachte.

„Willst du dich vielleicht ein wenig auf meiner Hand ausruhen?", fragte er die Spinne freundlich.

„Au ja, vielen Dank." Sie setzte sich behutsam auf seine rechte Hand. „Das war vielleicht ein Stück Arbeit, dich wach zu bekommen. Man hat mir gesagt, dass du in diesem Jahr brav warst und ich mich an dich wenden soll, wenn ich etwas über dieses Fest, das ihr da feiert, wissen möchte."

„Ach so, und was willst du wissen?"

„Nun, halt so alles, was damit zu tun hat."

„Gut, aber allzu viel weiß ich nicht, ich weiß nur, dass es so etwas wie ein Geburtstag ist."

„Was, ein Geburtstag?"

„Nein, das war vielleicht etwas falsch ausgedrückt: Ich meine, da wurde ein Mensch geboren, der ganz lieb war, und König war er, glaub ich, auch. Weißt du, immer wenn unsere Kindergartentante das vorliest, dann wissen wir genau, das dauert eine halbe Stunde, und es ist dunkel, nur eine Kerze brennt, und alle Tanten sind da und hören zu. Dann reicht die Zeit gerade, um in die Küche zu gehen, und dort steht ein Stuhl, da kann man drauf stehen, und dann kann man dort auf den Schrank langen, und da liegen die Plätzchen, die wir die Woche zuvor gebacken haben … und weißt du, es reicht halt immer genau, bis man fort geht, wenn das Licht gelöscht wird."

„Nun ja, damit hast du mir jetzt aber auch nicht so recht weitergeholfen."

„Doch, ich weiß zum Beispiel noch, dass in der Woche vorher meine Mutter immer ganz kaputt ist, und Papi schimpft schon, wenn ich seine Schuhe als Garage für meine Autos benutze, und dann riecht es oft ganz gut, und ich bin immer im Weg in der Küche und darf nie naschen, und am Weihnachtsabend ist dann alles vergessen, und wir sitzen um den Baum, und Papi singt Weihnachtslieder, das tut er sonst nie, und meine Schwester nimmt mich an der Hand, und dann kriegen wir viele Geschenke, ganz tolle Sachen, und alle sind so lieb, und am nächsten Tag wird viel gegessen, und ich muss mich schön anziehen, weil da Oma und Opa kommen und … ja, das ist Weihnachten."

„Komisch, ich habe nur gemerkt, dass deine Mutter meine ganzen Netze zerstört. Drei Stück waren es alleine gestern."

„Ich kann ja mal zu Mutti gehen und sie fragen."

„Gut."

So gingen sie beide, die Spinne auf Matthias' Hand, zum Kinderzimmer hinaus auf den Flur, wo die Mutter gerade Staub wischte. Als sie

Matthias sah, freute sie sich und wollte ihn in den Arm nehmen und ihm einen Guten-Morgen-Kuss geben. Doch als sie ihn auf den Arm nehmen wollte, sagte Matthias: „Vorsicht, pass auf, dass du der Spinne auf meiner Hand nicht weh machst."

Ein Schrei des Entsetzens folgte, und Matthias konnte gerade noch ins Kinderzimmer flüchten und die Spinne behutsam auf den Tisch setzen, als auch schon seine Mutter hereinkam. „Was war denn das?"

„Das war eine Spinne, die hat mich heute Morgen geweckt und gefragt, was Weihnachten ist, und da ich ihr nicht so recht antworten konnte, wollte ich dich fragen."

Die Mutter nahm ihn zärtlich in den Arm und sagte: „Weihnachten, das ist das Fest der Liebe!" Dann gab sie ihm einen Kuss und ging wieder hinaus an ihre Arbeit.

„Ich hatte gerade nicht das Gefühl, als ob deine Mutter mich sehr lieb hätte", sagte die Spinne.

„Das Gefühl kenne ich", antwortete eine neue Stimme. „Immer an Weihnachten muss ich aus dem schönen langen Kleid schlüpfen und mir irgendwo im Schrank ein neues Versteck suchen, sonst jagt mich deine Mutter ganz arg." Diese Stimme gehörte einer kleinen Motte, die auf dem Schrank saß und ihre Flügel putzte.

„Und ich muss mir jedes Jahr an Weihnachten auch immer eine neue Schlafstätte suchen, denn pünktlich eine Woche vor Weihnachten kommt dein Vater in den Keller und putzt und räumt auf, sodass ich immer entdeckt werde und schnell an einen anderen Ort flüchten muss; dieses Jahr sogar bis hier herauf in die Wohnung." Dieser Beitrag kam von einer kleinen Kellerassel, und Matthias glaubte sogar ein paar Tränen in ihren Augen gesehen zu haben. Er war sich aber nicht so ganz sicher. So saßen sie nun, die drei Tiere, in Matthias' Zimmer und schimpften über Weihnachten.

Traurig ging er hinaus in die Küche, wo sein Vater gerade beim Zeitungslesen saß. Ebenso traurig erzählte er ihm alles von der Spinne und der Motte und der so traurig schauenden Kellerassel, und man sah es ihm an, dass er ein wenig von seiner Vorfreude auf Weihnachten eingebüßt hatte.

Leider wusste der Vater auch nicht so genau, was er davon halten solle, und deshalb schickte er Matthias erst einmal ins Bad zum Zähneputzen. Ganz in Weihnachtsgedanken versunken, erledigte Matthias auch diese Arbeit. Man sah ihm das allerdings auch an: Die weißen Flecken an den Händen und am Mund zeugten von seinen schwerwiegenden Überlegungen. Als er wieder in sein Zimmer zurückkehrte, um den dreien von dem wunderschönen Gefühl unterm Weihnachtsbaum zu erzählen, da waren sie fort. Einfach nicht mehr aufzufinden, wo er auch suchte. Selbst das Bett zog er ein Stück vor, um auch wirklich keinen Winkel auszulassen. Doch er fand er nur verstaubte Murmeln und ein schon lange vermisstes Taschenmesser. Seine drei Freunde aber blieben verschwunden.

Der Tag nahm seinen Lauf und erreichte auch die mit Hochspannung erfüllten Minuten vor der Bescherung. Es wurde gesungen und musiziert, und dann gingen alle in das Weihnachtszimmer und betrachteten den in strahlenden Glanz gehüllten Weihnachtsbaum.

Da plötzlich fiel Matthias' Blick auf ein winziges Tier oben im Gipfel des Baumes. Ohne Zweifel, es war die kleine Motte, und sie verspeiste genüsslich einen Fetzen aus weinrotem Stoff, den wohl jemand eigens für sie dort hingehängt hatte. Ein wenig später entdeckte er auch die Kellerassel am Fuße des Baumes und die Spinne, die von Zweig zu Zweig hastete und ein Netz an das andere baute. Mit glücklich zwinkernden Augen begrüßte Matthias seine Freunde, und er und seine Eltern, ja sogar seine Schwester, wenn auch nur sehr vorsichtig, feierten mit den dreien ein wunderschönes Weihnachtsfest. Am Ende waren auch die Tiere davon überzeugt, dass Weihnachten doch ein sehr schönes Fest ist. Leider hat Matthias seither keine Tiere mehr sprechen gehört. An was das wohl liegt?

# Matthias und die Zwetschgenmännchen

Ich habe euch im letzten Jahr von Matthias erzählt, wie er am Weihnachtstag mit den Tieren sprechen und dann sogar ihre Abneigung gegen Weihnachten vertreiben konnte. Nun ist ihm im letzten Jahr wieder etwas sehr, sehr Seltsames passiert, das ich euch nicht vorenthalten möchte.

Es war wieder Adventszeit, und da Matthias noch im Kindergarten war, begannen für ihn damit vier arbeitsreiche Wochen. Im Kindergarten werden nämlich die Weihnachtsgeschenke noch selbst gebastelt.

So musste er also drei Geschenke anfertigen: für seine Mami, seinen Papi und seine Schwester.

Allerdings freute er sich jedes Mal diebisch, wenn er an seinen Freund Albert dachte, der noch zwei ältere und drei jüngere Geschwister hatte. Albert begann meistens schon Mitte November und wäre wahrscheinlich trotzdem nicht bis Weihnachten fertig geworden, hätte ihm Matthias nicht ab und zu etwas geholfen.

In diesem Jahr aber musste er Albert gleich zu Beginn der Adventszeit gestehen: „Du, Albert, dieses Jahr kann ich dir leider nicht helfen, du weißt doch, dass am 20. Dezember der Weihnachtsbasar ist, und dafür muss auch ich etwas basteln." Es war in der Tat so, denn am Elternabend hatte man beschlossen, zur Feier des 25-jährigen Bestehens des Kindergartens einen Basar zu veranstalten, um von dem Erlös nötig gewordene Renovierungsarbeiten kindgerechter durchführen zu können. Die meisten Eltern hatten das befürwortet, nur manche meinten, dass doch eigentlich der Staat genug Geld hätte. Aber hauptsächlich die Mütter, die sich auf die Bastelnachmittage mit den Kindern schon sehr freuten, bewirkten dann, dass der Basar doch in Angriff genommen wurde.

Jede Familie übernahm nun eine Aufgabe, und Matthias durfte mit seinen Eltern Zwetschgenmännchen basteln. Das waren natürlich ein paar aufregende Nachmittage, an denen gehämmert, geklebt und genäht wurde. Matthias' Mutter hatte es sich auch nicht ganz so aufregend vorgestellt, denn nicht genug damit, dass Matthias den Hammer auf dem zum Arbeitstisch umfunktionierten Esszimmertisch ausprobierte, nein, er befand es auch für nötig, die einzelnen Stoffreste auf dem Parkettboden aufzukleben und die Stecknadeln, wie der Name es ja schon sagt, zu verstecken, zum Beispiel in den kuschelig hohen Fasern des Berberteppichs.

Nun ja, trotz all der widrigen Umstände standen am Abend vor dem 20. Dezember schließlich drei Pärchen auf dem Buffet: ein in Braun und Grün gekleideter Herr (Männchen wäre schon zu unwürdig für ihn) mit einer ebenso gekleideten Frau, dann ein Weib mit blauem Rock, weißer Schürze und rotem Kopftuch mit einem Mann, der eine Feige als Hut auf dem Kopf trug, sowie ein Paar, das aussah, als käme es frisch vom Standesamt – sie mit weißem Rock auf roter Bluse und er mit blauer Jacke. So standen sie also oben auf dem Buffet, und Matthias war der Ansicht, sie sähen aus, als wollten sie gleich fortlaufen. „Wie richtige Menschen", meinte er. Je mehr er sich mit ihnen anfreundete, desto mehr tat es ihm leid, als sie am nächsten Morgen zum Basar fuhren und ihre viel bestaunten Männchen auspackten. So dauerte es nicht lange, und alle sechs waren verkauft. Etwas traurig ging Matthias wieder nach Hause, aber als er dort ankam und die Weihnachtsbäckerei gerade im Gang war, die tausend verschiedenen Gerüche und die Teigproben auf dem Balkon dufteten und dampften, da wurde er doch wieder langsam munter. Und bis zum Heiligen Abend war er wieder voll in Weihnachtsstimmung. Er ließ die Hektik des Tages in der

Vorfreude auf den Abend über sich ergehen, aß Kartoffelsalat mit hartgekochten Eiern und saß nun mit seinen Eltern und seiner Schwester in seinem Zimmer, und alle sangen Weihnachtslieder. In wenigen Minuten wird Bescherung sein, dachte er, und sein Vater schlich auch schon aus dem Zimmer, um den Weihnachtsengeln ein wenig unter die Arme zu greifen, hatten die doch gerade an diesem Abend so viel zu tun. Da plötzlich klopfte es an der Haustür, nicht sehr kräftig, aber bestimmt. Reihum sahen sich die vier an.

Wer konnte denn um diese Zeit noch kommen? Alle Leute feiern doch jetzt Weihnachten, dachten sie. Da klopfte es wieder, jetzt schon etwas ungeduldiger. Der Vater war der Erste, der sich nach seinem Erstarren wieder fasste, und ging zur Tür. Es klopfte gerade zum dritten Mal, als er an die Tür kam. Die anderen drei lauerten am Eingang des Kinderzimmers. Er öffnete, aber er sah nichts. Der Erste, der etwas bemerkte, war Matthias. Laut stammelte er: „Da … da … schaut doch da, da steht doch Willi." Jetzt sahen ihn alle. Er war ja nur 20 cm groß, deshalb hatte ihn Matthias als Erster gesehen, den Zwetschgenmann mit der Feige auf dem Kopf, den Matthias nach dem Basteln „Willi" genannt hatte.

„Jetzt lasst mich schon rein!", piepste der Zwetschgenmann. „Draußen ist es furchtbar kalt, und ihr habt mich anscheinend nur für den Sommer angezogen. Nicht einmal eine lange Hose habe ich bekommen."

Baff vor Erstaunen standen die drei da. Keiner rührte sich, keiner sagte etwas, auch nicht als Willi langsam herein tippelte.

„Kann ich dir, Ihnen, vielleicht helfen?", fragte Matthias' Schwester, die sich diesmal als Erste von ihrem Schock erholt hatte.

„Oh, das wäre sehr freundlich, wenn Sie mich bitte wieder auf das Buffet stellen würden, dort wollte ich mich nämlich mit den anderen treffen."

„Soll das heißen, dass die anderen auch noch kommen?", fragte nun die Mutter, und es würde mir schwer fallen, ihren Tonfall zu beschreiben, der irgendwie zwischen Entsetzen und Neugierde lag.

„Aber klar", antwortete Willi, „wir wollen doch gemeinsam mit euch Weihnachten feiern."

Und so dauerte es nicht lange, bis es wieder zaghaft an der Türe klopfte und das Paar mit dem weißen Rock und der blauen Jacke vor der Türe stand und hereinkommen wollte.

So kamen die Zwetschgenmännchen nach und nach alle herein und standen oben auf dem Buffet.

Dann sangen sie gemeinsam „Stille Nacht, Heilige Nacht".

Unter dem kerzenerhellten Weihnachtsbaum lagen die Geschenke, und aus der Krippe schauten Ochs und Esel heraus. Die Mama suchte noch schnell nach kleinen Accessoires für die Zwetschgenmännchen und -weibchen, und so hielten bald alle Geschenke in der Hand und feierten zusammen einen wunderschönen Abend – mit leckeren Plätzchen, stimmungsvoller Musik und spannenden Gesprächen. Erst nach zwölf Uhr gingen alle zu Bett.

Am nächsten Morgen war keines der Zwetschgenmännchen mehr da. Matthias fragte sich zuerst, ob er das alles geträumt hatte, aber seine Mutter und sein Vater und auch seine Schwester bestätigten alles vom gestrigen Abend, und da freute sich Matthias, dass er ein so außergewöhnliches Weihnachten gefeiert hatte. Die Zwetschgenmännchen waren wohl wieder zurück zu ihren Besitzern gegangen. Ob sie im nächsten Jahr wieder vorbeischauen würden?

# Die Weihnachtsmaus

Nachdem ich meinen Mitbewohner nun lange genug auf Trab gehalten habe, unbeabsichtigt allerdings, wird es Zeit, ihm auch etwas Gutes zu tun. Seit geraumer Zeit grübelt er nämlich schon über eine Weihnachtsgeschichte nach, und er hat einfach keinen guten Einfall.

Nun, dachte ich mir, schreibe ich doch einfach die wahre Geschichte meiner Urahnin Irma auf.

Ach ja, zuerst sollte ich mich vielleicht noch vorstellen. Ich heiße Elvira, Elvira Hesekiel, und noch heute nennt man mich nach meiner Urahnin: die Weihnachtsmaus.

Ihr müsst wissen, nicht schon immer wohnte unsere Familie in dem alten Haus in Karlsruhe. Früher lebten unsere Vorfahren viele tausend Kilometer südlicher von hier in einem Land, das heute Israel heißt.

Es brach ein Tag an wie viele, viele andere im Leben meiner Urahnin. Und es sollte doch der bedeutendste Tag in ihrem Leben werden.

So erzählte sie mir:

Ich war gerade aufgestanden und rieb mir den Schlaf aus den Augen. Meine Glieder waren steif von der Kälte der Nacht, und mein ganzes Fell war voll von diesem Stroh, das hier im Stall überall herumlag. Mit einem zarten Piepsen weckte ich meinen Mann, den Adalbert, der noch tief und fest schlief. Na ja, sie hatten in der letzten Nacht wieder ein Weinfass entdeckt, das vom Wirt nicht ganz geleert worden war, und dann war es wieder einmal sehr spät geworden. Die sollten mal so einen Mäusehaushalt führen wie ich, dann würde ihnen die ewige Trinkerei schon vergehen! Ich weckte ihn also, und dann hörte ich auch schon da drüben den Esel, der, iah, iah, sich streckte und iahend zu mir herüberlächelte. Den Letzten in unserer Runde bildete wie jeden Tag Gottlieb, schnaubend schaute er zu uns herüber. Ach so, ich sollte noch erwähnen: Gottlieb ist ein stattlicher Ochse.

Es schien, wie die letzten Tage auch, ein Tag ohne viel Arbeit für unsere beiden großen Freunde zu werden. Schon seit Wochen füllte sich die Stadt zusehends, sodass die Feldarbeit dem Wirtshausbetrieb hinterher hinkte und man fast von Ferien für Gottlieb und Engelbert, so hieß unser Esel, sprechen konnte. Wir hatten viel Spaß in unserem Stall, und bei den vielen

Gästen fiel für uns mehr ab, als wir uns wünschen konnten.

Plötzlich hörte ich den Wirt zu uns kommen. Schnell versteckte ich mich, damit er mich nicht entdeckte, denn anscheinend haben Wirte irgendetwas gegen Mäuse. Was ich allerdings nicht verstehen kann. Gefolgt von zwei Gestalten, einem jungen Mann und einer jungen, übrigens sehr lieblichen Frau, marschierte er herbei.

„Hier, in diesem Stall könnt ihr schlafen. Kostet zwei Silbermünzen die Nacht, das mach ich aber nur, weil du schwanger bist, klar?"

„Vielen Dank, Ihr seid sehr gütig, Gott wird es Euch danken", antwortete der junge Mann und bezahlte die ersten beiden Geldstücke. Schnellen Schrittes ging der Wirt zum Haus zurück und ließ die beiden alleine.

Mit glänzenden Augen schauten sich die beiden an. „Da haben wir ja doch noch Glück gehabt. Stell dir vor, unser Kleiner käme heute Nacht zur Welt und wir hätten nicht einmal ein Dach über dem Kopf! Da ist es doch hier schon viel besser."

Die beiden nahmen sich in den Arm, und mir wurde es plötzlich ganz warm ums Herz. Das hatte Adalbert schon seit Jahren nicht mehr mit mir gemacht. Stark beeindruckt schienen auch Engelbert und Gottlieb. Sie streckten schon wieder die Köpfe hervor, nachdem sie sich erst einmal ins letzte Eckchen des Stalles verzogen hatten. Sie hatten schon befürchtet, dass der Wirt sie zum Arbeiten holen wollte.

„Schau mal, wie schön, hier sind ja auch ein Esel und ein Ochse ...", und als die junge Frau das sagte, begann sie plötzlich furchtbar zu stöhnen.

„Oh je", dachte ich, und mir war sofort klar, dass es jetzt losgehen würde. Bei den Menschen ist das ja nicht so wie bei uns. Da schlüpfen nicht einfach die Jungen aus dem Bauch. Nein, die brauchen da Wasser und Tücher und ewig Zeit ...

Nun ja, Wasser hatten wir ja im Brunnen, aber frische Tücher hatten die beiden natürlich nicht dabei. Ich grübelte, und nach kurzem Überlegen packte ich meinen Adalbert, der sich schon wieder in Richtung Weinfässer davonstehlen wollte, befahl ihm hier aufzupassen und schlich mich aus dem Stall.

Mit ein paar Verwandten krochen wir in die Kleiderkammer und zerrten gemeinsam mühevoll viele Tücher vom Stapel zum Stall, immer Acht gebend, dass die obenliegenden Tücher nicht schmutzig wurden. Als wir mit den Tüchern im Stall angekommen waren, entdeckte sie auch sofort der junge Mann, der schon in wilder Hektik um seine Frau herum rannte. Aber irgendwann schien auch er hilflos daneben zu stehen.

Nach einer Stunde ungeduldigen Wartens wurde es plötzlich seltsam hell in unserem Stall. Ein überirdisches Singen erfüllte den Raum, und plötzlich hörte man: „Äh, äh!"

Das Kind war geboren!

Überglücklich hielt der junge Mann seinen Sprössling im Arm und wiegte ihn sanft. Erst nach langer Zeit legte er ihn in die provisorisch zur Wiege umgebauten Krippe.

Da bemerkte ich erst, dass mich mein Adalbert schon die ganze Zeit mit seinen Pfoten umarmt gehalten hatte. Gemeinsam krabbelten wir aus unserem Versteck und gratulierten dem stolzen Vater und natürlich auch der stolzen, aber noch schwachen Mutter.

Ich weiß nicht wie, aber die beiden verstanden uns. Und nicht nur uns, auch Engelbert und Gottlieb konnten ihre Glückwünsche anbringen. Lange saßen wir so und schauten andächtig auf das Kind.

Gerade als wir uns wieder dezent zurückziehen wollten, hörten wir von draußen Geräusche. Da kamen Hirten herein, um das Kind zu sehen. Sie meinten, dass sie von Engeln hierher geschickt worden seien. Und noch viele Tage zog ein lebendiges Treiben in den Stall ein. Von überall kamen die Menschen, um dem kleinen Kindchen Geschenke zu bringen.

Das war die Geschichte meiner Urahnin Irma, und jetzt hoffe ich, dass mein Mitbewohner, Markus heißt er, glaube ich, eine schöne wahre Weihnachtsgeschichte erzählen kann und mich dafür in Zukunft wieder in Ruhe herumspringen lässt.

# $F$riedrich

$D$er Wald stand in eisiger Starre, die Bäume hatten allesamt ein weißes Häubchen auf – bis auf eine kleine Schonung im tiefen Wald. Dort redeten sie aufgeregt miteinander. Ja, es schien, als ob heute ein ganz besonderer Tag sei, denn wild fuchtelten sie mit ihren Ästen in der Gegend herum. Unermüdlich plapperten sie durcheinander: „Heute kommt er, ja, der Förster, und nächste Woche ist Weihnachten ... und die warmen Häuser und Lichter und Kerzen ..."

Ein Außenstehender hätte wohl seine Mühe gehabt, etwas zu verstehen, aber so viele Äste die Tannenbäume haben, so viele verschiedene Gespräche können sie führen – nicht wie die erwachsenen Leute, die gerade mal ein Gespräch führen können und bei denen man warten muss, bis sie fertig sind, um sie etwas zu fragen. Wenn man aber gut aufpasste, dann verstand man die Aufregung der Bäume. Heute sollte der Förster kommen und die Bäume aussuchen, die Weihnachtsbäume werden sollten, die am Weihnachtsabend in einem schön geschmückten Zimmer mit Kugeln behängt den Mittelpunkt des Festes darstellen durften. Oh, wie wünschten sie es sich allesamt, und wie sehr strengten

sie sich an, gerade heute frisch und kräftig aus-
zusehen. Deshalb hatten auch alle ihr weißes
Häubchen abgeschüttelt. Ihre Nadeln glänzten
im schwachen Sonnenlicht, das durch die Wipfel
der hohen Bäume eindringen konnte.

So stand auch Friedrich neben seinen
Freunden. Friedrich war eine kleine Fichte.
Nicht sehr kräftig gebaut und neben seinen
Freunden Thomas, der Tanne, Karl, der Kiefer
und Bernhard, der Blautanne, sah er etwas kläg-
lich aus. Nichtsdestotrotz spannte er seine Äste
und reckte seine Spitze in die Höhe, denn da
kam er: der Förster. Schnellen, sicheren Schrittes durchmaß er den Wald und kam an die
Schonung, wo die Bäume bereitstanden und
sehnsüchtig warteten. Kritisch schaute er die
Bäume der Reihe nach an, und mit seinem großen roten Stift markierte er die, die dieses Jahr
Weihnachten in einer Familie feiern durften.
Friedrich war ganz still geworden, wie eigentlich
jetzt der ganze Wald. Alle standen sie da, und
kein emsiges „Vielleicht bekomme ich Lametta?"
oder „Ob ich wohl mit Äpfeln behängt werde?"
hörte man mehr. Alle dachten nur an das Eine:
„Hoffentlich vergisst er mich nicht."

Da kam er zu Bernhard: ein Kreuz, zu Karl,
der Kiefer: ein Kreuz. Jetzt war er vor Friedrich.
Er schaute ihn an, lächelte und ging weiter.
Friedrich war entsetzt. Er konnte es nicht fas-

sen. Alle durften feiern – nur er nicht! Langsam erhob sich nun auch wieder ein reges Murmeln, und seine Freunde freuten sich zwar auf das Fest, aber sie waren auch sehr traurig darüber, dass Friedrich nicht dabei sein konnte.

Die ganze Nacht konnte Friedrich, die kleine traurige Fichte, nicht schlafen, so sehr musste er an das Fest denken und warum er nicht mitfeiern durfte.

Am nächsten Tag holten die Waldarbeiter die anderen Bäume ab, und alle waren sehr aufgeregt und freuten sich und verabschiedeten sich voneinander. Da wurde es sehr still im Wald, und der kleine, arme Friedrich stand ganz alleine da, und harzige Tränen quollen aus seinen Ästen hervor. Langsam brach die Nacht herein, da sah er auf einem Ast ein kleines Eichhörnchen sitzen, das ihn ganz glücklich ansah und sagte: „Na, da haben wir aber wieder mal Glück gehabt. Einen einzigen Baum hat er uns gelassen, und dafür haben wir schon lange genug kämpfen müssen." Ein zweites Eichhörnchen blickte hervor aus dem Dickicht. „Und was für ein schöner Baum! Da können wir aber schön feiern."

Zur Erklärung muss man sagen, dass in der Weihnachtszeit ganz ausgewählte Tiere mit ganz ausgewählten Menschen reden dürfen, und so hatte Lisa, das kleine Eichhörnchen, plötzlich gewusst, dass es mit dem Förster reden konnte, und da hat es allen Mut zusammen genommen und ihn auf dem Weg in den Wald gefragt, ob er in diesem Jahr einen Baum stehen lassen würde, damit die Tiere auch einen Weihnachtsbaum hätten. Gütig hatte dieser genickt und tatsächlich einen kleinen Baum im Wald für die Tiere stehen lassen.

Friedrich war natürlich absolut baff. Erst als Lisa ihm alles erzählte, verstand er nach und nach, dass er nicht zu hässlich gewesen war, um in eine Weihnachtsstube gestellt zu werden, sondern dass er der Baum der Tiere des Waldes war. Und nun kamen nach und nach alle Tiere, die Hasen, die Käfer, die Spinnen, die Füchse ... alle kamen und freuten sich über ihren Baum.

Plötzlich erschraken die Tiere. Vorsichtige knirschende Schritte näherten sich. Alle versteckten sich sofort. Die Füchse in ihrem Bau, die Hasen in ihrer Höhle, die Käfer unter dem Laub, und Lisa hielt sich die Pfoten vors Gesicht. Da kam ein Mann aus dem Gebüsch. Unsicher trat er an Friedrich heran, und man sah, dass er zerlumpte Kleider anhatte, seine Schuhe durchgelaufen und seine Hosen zerschlissen waren. Hager war sein Gesicht, aber seine Augen waren groß und gütig. In seinem Gesicht stand ein schlechtes Gewissen geschrieben, und er stand so vor Friedrich und sagte: „Bitte sei mir nicht böse, ich weiß, dass du vielleicht lieber hier im Wald stehst, aber ich bin arm und kann mir keinen Weihnachtsbaum kaufen. Meine Kinder wünschen sich so sehr zum Fest einen Baum, und da musste ich in den Wald gehen und mir einen holen." Er zog die Säge unter der Jacke hervor, da hörte er einen Schrei: „Halt!" Entsetzt schaute er sich um. „Halt, das ist unser Baum!" Er sah zu dem Baum, konnte aber nichts erkennen außer einem kleinen Eichhörnchen, das inzwischen die Pfoten von den Augen genommen hatte. Lisa war bereit, für ihren Baum zu kämpfen, aber andererseits dachte sie auch an die Kinder, denn sie kannte die Familie, die in einer Hütte am Waldrand wohnte. Nach kurzer Verwunderung des Vaters unterhielten sich die beiden ... und was glaubt ihr, was dann geschah?

Ihr glaubt es nicht, aber es war ein Bild des totalen Chaos', die Hütte der Familie war voll bis oben hin. In der Mitte des Raumes stand Friedrich, hell geschmückt mit Kerzen, Äpfeln und wie kleine Sterne hingen kleine Spinnen an ihm herab und leuchteten im Glanz der Kerzen. Um ihn herum tobten die Kinder mit den Hasen, es lagen überall Karotten und Stroh für die Tiere herum, die Rehe standen graziös in der Ecke, um ja nicht zu viel Umstand zu machen, freuten sich aber trotzdem über das Wärme verbreitende, prasselnde Feuer im Ofen. Lisa saß auf der Spitze von Friedrich und plauderte von dort mit dem Vater, die Mutter holte die selbst gebackenen Lebkuchen aus dem Ofen, über die sich die Füchse freuten, und die Käfer knabberten an den herabfallenden Bröseln.

Alle, aber auch alle waren glücklich und feierten die ganze Nacht hindurch. Ein schöneres Fest hätte Friedrich sich niemals träumen lassen.

# Familie Hoppel

Heute will ich euch eine sonderbare Geschichte erzählen, die der Familie Hoppel im letzten Jahr passiert ist. Die Familie Hoppel ist eine Hasenfamilie, alle mit langen Ohren und kleinen, kurzen Bommelschwänzchen. Vater, Mutter und drei quietschfidele Hoppelchen wohnen in einem alten Fuchsbau, den der ursprüngliche Besitzer aus Platzmangel vor vielen Jahren verlassen hatte. Aber noch viele Kleinigkeiten erinnern an die Gräueltaten des „Vormieters". Überall findet man noch Gänse- oder Hühnerfedern, die der Fuchs beim Verzehren seiner Beute in der ganzen Höhle verstreut hatte. Auch vor Hasen machte dieser Wüterich nicht Halt, gerade in einem so kalten Winter, wo sich die Suche nach Futter alles andere als einfach gestaltet.

Das weiß auch Vater Hoppel, und deswegen macht er sich jeden Morgen auf den Weg, um sich für die ganze Familie nach etwas Essbarem umzuschauen. So auch am Morgen des 24. Dezembers, des Heiligen Abends. Aber was war das, als er aus dem Bau schaute? Schier traute er seinen Augen nicht. Laut rief er: „Trippl, Trappl, Treppl, kommt her!"

Und sofort kamen die drei Jungen aus dem hinteren Teil der Höhle nach vorne geschossen, fielen über ihre eigenen Vorderläufe oder über die ihres Bruders – tja, mit dem Laufen hatten sie es noch nicht so ganz raus – und hielten entsetzt am Eingang an! Was war denn das? Wer hatte den Baumstumpf vor dem Bau weggeräumt und wer die Wurzel rechts daneben? Tja, und die Bäume sahen so sonderbar aus, überhaupt sah alles so grell aus. Des Rätsels Lösung war einfach! Über Nacht hatte Frau Holle den Wald mit einer dicken Schneedecke überzogen, aber das konnten die Kleinen nicht wissen, denn Schnee hatten sie noch nie gesehen. Für sie war es wunderschön, draußen herumzutollen, aber Vater Hoppel wusste, dass er nun noch weiter ins Tal hinab hoppeln musste, um Futter zu finden, und dass er gerade heute, wo doch Weihnachten war, noch später nach Hause kommen würde als sonst. Außerdem wusste er, dass nun die Nächte deutlich kälter werden würden als zuvor. Es war schon weit nach 12 Uhr, als die Mutter alle am langen Mittagstisch zusammen hatte, denn das Spielen im Schnee war einfach zu schön. Viel war es nicht, was es gab, aber es wurde mit Appetit in der kalten Höhle verschlungen. Gerade meinte Trappl, dass er jetzt seine Wurzel ausbuddeln würde, da hörten alle ein sonderbares Schnaufen am Eingang, und entsetzt blickten sie dort hin. Der Schreck lähmte sie: Im Eingang stand der Fuchs!

Es war schon fast dunkel, als der Vater die letzten Schritte durch den tieferen Schnee hoppelte und er glücklich zum Bau kam. Glücklich, nun wieder daheim bei seinen Lieben zu sein und glücklich, dass er für jedes ein kleines Weihnachtsgeschenk gefunden hatte. „Seltsam, man hört gar nichts", dachte er vor sich hin. Sollten die Jungen schon so müde vom Herumtollen sein oder waren sie gar brav geworden? Nein, das konnte er sich nicht vorstellen. Doch die Höhle war leer! Langsam trat er ein, immer auf einen Streich gefasst, aber nichts! Da sah er einen Zettel am Boden liegen, auf dem stand: Wir sind beim Fuchs.

„Das kann nur eine List vom Fuchs sein", dachte der Hase und trommelte alle Hasen des Waldes zusammen. Gemeinsam zogen sie zum Fuchsbau, um die Hasenfamilie herauszuholen. Aber was sie dort sahen, das hätten sie niemals gedacht. Gemütlich im warmen Fuchsbau saßen dort die Fuchskinder und die Hasenkinder beim üppigen Abendessen. Verdutzt schauten da die Hasen, und etwas verschämt waren sie schon, als dann der alte Fuchs herauskam und sagte: „Das ist aber schön, dass ihr alle gekommen seid, ich habe euch schon erwartet. Kommt herein, ich erkläre euch alles."

Und dann begann er zu erzählen, wie am Nikolaustag der Knecht Ruprecht zu ihm gekommen war – keine Nüsse und keine Äpfel dabei, aber die Rute – und so sehr mit ihm geschimpft hatte, weil er nie die anderen Tiere in Ruhe ließe, und deshalb würden nie die Engelchen an Weihnachten zu ihm kommen, um den Baum zu schmücken. Und da hatte er gemerkt, dass es so nicht mehr weitergehen konnte und hatte beschlossen, jetzt nur noch Salat und Mohrrüben zu fressen und alle seine ehemaligen Beutetiere zu Weihnachten einzuladen. Und da sahen die Hasen auch, dass die Höhle voll war mit Hühnern, Gänsen und Enten, und überall standen kleine Näpfe mit Gelben Rüben und Heu herum, und weil die Höhle so voll wurde, war es warm und behaglich darin. Und so wurde es ein unvergessliches Fest für alle Tiere, die dabei waren.

# Etwas Gutes tun

Ich saß so in der Hütte im Wald und war dabei, mir eine Weihnachtsgeschichte auszudenken, da klopfte es zaghaft an die Türe.

Zuerst dachte ich, dass es ein verirrter Regentropfen sei, doch dann klopfte es noch einmal, dieses Mal aber etwas stärker. So öffnete ich, und da es schon dunkel war, sah ich im ersten Moment gar nichts. Doch als ich meinen Blick nach unten lenkte, bemerkte ich ein völlig zerzaustes Häslein auf der Treppe hocken, und daneben saß eine Schnecke. Verdutzt fragte ich mich gerade, ob diese beiden wohl geklopft hatten, als das Häslein zu reden anfing: „He, entschuldige, aber wäre es sehr unverschämt von uns zu fragen, ob du uns hereinbitten würdest? Hier draußen ist es nämlich verdammt kalt, und wir zwei haben schon ein ganzes Stück Weg hinter uns."

Natürlich gab ich gleich den Weg frei, was ich bei der Schnecke gar nicht hätte zu tun brauchen, denn sie hatte sich schon über die Türschwelle geschoben. Man kann sich meine Verwunderung gut vorstellen, denn ich hatte zwar schon sprechende Tiere gesehen, aber eigentlich nur am Weihnachtstag – und bis dahin waren es ja noch ein paar Tage. Ich sah die beiden wortlos an, als sie sich an den Ofen hockten und sich aufwärmten, da begann die Schnecke: „Na, da staunst du, dass einfach so zwei Viecher hier reinkommen und das so kurz vor Weihnachten und dann auch noch rumquasseln, apropos, hast du vielleicht was Essbares da?" Ich ging zum Kühlschrank und holte ein paar Möhren und einen Kopfsalat heraus und hörte weiter zu: „Nun, wir kommen vom Himmel."

„Ach, vom Himmel." Mein Mund schloss sich eben das erste Mal, seit ich die Türe geöffnet hatte. „Ja, äh ..."

„Ja, wir sind sozusagen Engel: So wie es für Menschen menschliche Engel gibt, so gibt es eben für Hasen auch Hasenengel und für Störche Storchenengel und so weiter. Und da es dort oben vor Weihnachten immer so viel zu tun gibt, da sind wir einfach mal auf die Erde gekommen, um zu sehen, was hier alles so los ist."

„Ja", ergänzte das Häslein. „Aber da wir keinen himmlischen Auftrag ausführten, hatten wir auch nichts zum Orientieren, und da haben wir uns ganz schön verlaufen, und jetzt wissen wir nicht mehr, wie's zum Himmel geht, und wenn wir zu Weihnachten nicht da sind, dann gibt es zwei Tiere hier unten, die vielleicht traurig sind an Weihnachten, und wir können sie nicht trösten mit unserem himmlischen Auftrag.

Oder jemand ist garstig zum anderen, was sollen wir dann tun?"

Mir fiel natürlich in der Eile auch nichts ein, die beiden waren schon arm dran, aber ich wusste ja auch nicht, wie es zum Himmel ging. Ich schaute durchs Fenster nach draußen und sah nur den Regen, der von oben herabfiel, und konnte mir nicht so recht vorstellen, wie man da hinaufkommen sollte. „Wie seid ihr denn heruntergekommen?", fragte ich, während ich das Fell des kleinen Hasen etwas bürstete.

„Nun, wir haben es uns fest gewünscht, und schon waren wir da."

„Und wenn ihr es euch jetzt wieder ganz arg wünscht ...?"

„Klappt nicht", antwortete die Schnecke. „Wie kommt man denn bei euch hier in den Himmel?"

„Tja, da muss man sehr brav sein, viel Gutes tun, und wenn man dann stirbt, kommt man in den Himmel!"

Die beiden sahen sich an: „Nun ja, gestorben sind wir ja schon, aber ob wir so brav waren ...?"

„Vielleicht probiert ihr es ja mal mit Beten?"

„Klappt nicht ..."

„Oder tut was Gutes."

„Ja, was denn?"

„Helft mir zum Beispiel beim Geschirrspülen ... oh, blöde Idee." So diskutierten wir noch eine

Weile ohne Erfolg, es fiel uns einfach nichts mehr ein, bis sie dann irgendwann meinten, dass sie weiterziehen wollten, vielleicht würden sie ja noch jemanden finden, der wusste, wie's zum Himmel geht. Ächzend machte sich die Schnecke auf den Weg, und der Hase schimpfte schon wieder, dass sie nicht so recht vorwärts kamen wegen der langsamen Schnecke, und er hoppelte ungeduldig hin und her, da sagte ich: „Wenn du sie tragen würdest, dann ging's vielleicht etwas schneller, oder?"

Der Hase sah mich verwundert an. „Aber klar, das ist es!" Er nahm sie behutsam auf die Pfote, und plötzlich wurde es ganz hell, es hörte zu regnen auf, der Himmel öffnete sich an einer Stelle, und man vernahm eine Stimme: „Nun, jetzt wird's aber Zeit, ihr beiden Ausreißer!" Und die zwei verschwanden nach und nach im wolkenverhangenen Himmel.

Das war es also gewesen: ‚Einer trage des anderen Last.' Beruhigt ging ich ins Haus zurück, zwei Sachen wusste ich jetzt: Wie man in den Himmel kommt und was für eine Weihnachtsgeschichte ich dieses Jahr erzähle ...

# Der kleine Michael

Der kleine Michael ging, wie so oft, mit seiner ebenso kleinen, eher einem Wollknäuel als einem Hund ähnelnden Promenadenmischung Nicki wieder einmal im Wald spazieren. Oder sagen wir eher: herumtollen. Trotz der frühlingshaften Temperaturen stand Weihnachten vor der Türe, und der durch den Regen aufgeweichte Boden verwandelte die beiden in lebende Schlammfänger.

Es schien den beiden aber nicht viel auszumachen, anscheinend kannten sie die weihnachtliche Hektik der Mutter, und da würde so ein wenig Dreck auch nicht mehr viel ändern. Sie waren gerade beim Spiel ‚Leg dich in den Matsch, und schüttle dich dann‘ als – ja, als plötzlich Nicki zu winseln anfing, Michael wie vom Schlag getroffen die Augen aufriss und mit offenem Mund auf allen vieren kniend erstarrte. Vor ihm stand ein großer, kräftiger Mann in einem roten Pelzmantel und schaute ihn an. Er hatte einen langen, weißen Bart und strahlte eine solche Güte aus, dass der kleine Michael, sobald er sich vom ersten Schreck erholt hatte, sofort Vertrauen zu ihm fand und wohl noch etwas stotternd fragte: „W... Wer bist du?"

Mit tiefer Stimme antwortete da der Mann unter seinem Bart hervor: „Nun, ich bin der Petrus, und ich komme jedes Jahr auf die Erde, um die Menschen mit Geschenken zu Weihnachten zu bedenken; die vielen Engel helfen mir jedes Jahr und packen meinen Esel voll mit den feinsten Dingen, die sich die Menschen auf der Erde wünschen. Aber in diesem Jahr habe ich meine Probleme, und deswegen suche ich dich."

„M ... mich, ja – aber w ... warum mich?", klang es verwundert von unten herauf.

„Nun, da muss ich wohl ein wenig ausholen: Mein alter, grauer Esel, der Jahr für Jahr alle Geschenke ausgetragen hat, ist sehr, sehr müde. Der viele Regen hat den Boden so aufgeweicht, dass er bei jedem Schritt einsinkt, und er musste nun schon so weit laufen."

„Ja klar, dann soll ich wohl die vielen Geschenke nehmen oder tragen helfen?"

„Nun langsam, langsam, das wäre wohl etwas zu schwer." Ein Blick auf die nicht eben muskulösen Oberarme des kleinen Jungen konnte sein Urteil da nur bestätigen. „Nein, tragen sollst du nichts ... aber heute nach Einbruch der Dunkelheit wirst du als eines der wenigen Kinder auf der Erde mit allen Tieren im Wald sprechen können, weil du im vergangenen Jahr so brav warst – wenn man dich ja so ansieht, will man es nicht glauben –, und da wollte ich dich bitten, dass du die Rehe, die Hasen, die Füchse und die Wildschweine bittest, mir zu helfen."

Selten sah man wohl ein so verdutztes Bubengesicht. Da stand Petrus vor ihm und bat ihn, den kleinen Michael, um Hilfe, das war einfach zu viel für ein siebenjähriges Jungenherz. Stammelnd bemühte er sich, so erwachsen wie möglich seine Hilfe zuzusagen, und die beiden verabredeten sich auf den Nachmittag so gegen vier Uhr. Zum Glück geht um die Weihnachtszeit schon so früh die Sonne unter, denn abends zu spät ins Bett kommen darf ein so braves Kind wie der kleine Michael natürlich nicht. Als Michael zurück ins Dorf ging, hörte er von fern im Kindergarten das Lied ‚Ihr Kinderlein kommet'. Der kleine Michael platzte fast vor Spannung. Er sollte dem großen Petrus helfen; gleich nach dem mittäglichen Kaffee machte er sich wieder auf den Weg, und tatsächlich, so gegen vier Uhr, traf er wieder auf den großen Mann im roten Pelzmantel, und diesmal hatte er auch seinen armen, grauen Esel dabei.

Es dauerte auch nicht lange, da ging die Sonne unter, und plötzlich hörte Michael eine Stimme piepsend vom Boden her: „Wenn du noch einen Schritt machst, dann bin ich platt." Erschrocken schaute Michael nach unten, wo tatsächlich eine Schnecke gemächlich seinen Weg kreuzte. Vorsichtig ging er einen Schritt zur Seite, aber da hörte er dann eine Stimme: „Mensch, pass auf, dass du mein Netz nicht zerreißt!" Eine kleine Spinne war gerade bei der Arbeit, ihr Netz zu spannen. Nach und nach schwoll das Stimmengewirr im Wald an, und Michael hörte die Vögel oben warnend rufen: „Vorsicht, da unten kommen zwei Menschen!"

Völlig verwirrt schaute er zuerst dahin, dann wieder dorthin, und immer hörte er wieder was Neues, sodass er fast nicht merkte, wie Petrus ihn mahnend an seine Aufgabe erinnerte. Aber er war ja hier, um ihm zu helfen, und deswegen begann er, zaghaft zu rufen: „Hallo, ihr Rehlein, kommt her, ihr Füchse, wo seid ihr, ihr Häslein, helft mir, ihr Wildschweine!" Nach und nach sah er im dunklen Wald mehrere Augenpaare auf sich zukommen. Hinter einem Busch kam zaghaft, ganz vorsichtig und elegant, ein Reh hervor. Von einer Lichtung hoppelte ein ganzes Heer von Langohren herbei, und Füchse und Wildschweine kamen gemeinsam aus dem dunklen Dickicht hervor. „Ja, was willst denn du hier?", fragten sie alle. Und Michael begann ganz wichtig zu erzählen, dass Petrus ihn gefragt habe, ob er sie nicht um Hilfe bitten könnte, weil doch sein Esel ... und wegen dem Schlamm und ... Es dauerte zwar eine Weile, bis alle verstanden hatten, aber dann begann etwas Einzigartiges. Alle Tiere, nicht nur die Hasen, Füchse und Rehe

– nein, auch die Vögel, Mücken, Würmer und Käfer – wollten die Ersten dabei sein, dem armen Esel zu helfen. Jeder wollte ein Päckchen tragen, und niemandem war eines zu schwer. Zu fünft schoben die Ameisen ein Spielzeugauto vor sich her, und im Nu konnte der überladene Esel wieder frei laufen. Es war eine Wohltat für ihn, und Michael wie auch Petrus trauten ihren Augen kaum, wie da eine Kolonne von Helfern entstanden war. Petrus bedankte sich ganz herzlich bei Michael, und er sagte ihm, wenn er kurz vor der Bescherung heute Abend ein Glöckchen höre, dann sei das Petrus mit seiner Karawane, die die Geschenke bei ihm abgeladen habe.

Glücklich ging Michael nach Hause, und als abends die ganze Familie ‚Stille Nacht, Heilige Nacht' sang, da hörte Michael tatsächlich ein Glöckchen – und nicht nur das. Ganz alleine hörte er auch, dass die Mücken, die Ameisen, ja und die Kellerasseln mit ihm ‚Stille Nacht, Heilige Nacht' sangen.

# Späteres

# Batsim

Auf die Frage, wer denn alles am Heiligen Abend an der Krippe stünde, antwortete unsere kleine Miriam wie aus der Pistole geschossen: „Batsim." Zuerst war ich sehr überrascht. Die alten Geschichten berichten nichts über einen Batsim. Maria, Josef, die Heiligen Drei Könige, die Hirten, ja auch die Engel. Aber Batsim? Nur langsam dämmerte es mir: „Ja klar, ohne Batsim wäre das alles ganz anders ausgegangen."

Batsim war ein kleiner, ruhiger Junge von acht Jahren. Er hatte dunkelbraune Augen, schwarze, gelockte Haare, wie eine Klosettbürste, und war etwas kräftiger gebaut als die anderen Jungen in seinem Alter. Seine Eltern besaßen eine winzige Pension in Bethlehem: nicht mehr als fünf Zimmer – und alle fünf Zimmer waren bis unters Dach belegt in dieser Nacht ... so wie alle Zimmer im ganzen Dorf. Gerade mussten seine Eltern zwei sehr netten Menschen eine Absage erteilen: „Es tut uns so leid, aber es passt wirklich niemand mehr in unser Haus, selbst unser Wohnzimmer haben wir schon vermietet."

„Mama, die Frau, die da eben mit ihrem Mann nach einer Bleibe gefragt hat, war aber ganz schön dick, die müssen doch sicher viel Geld haben, wenn die so viel essen kann?", fragte der kleine Batsim. Da lachte seine Mutter: „Nein, die Frau ist nicht dick vom Essen, die bekommt ein Kind, und so wie sie aussieht, kommt das Kind sicher in den nächsten Tagen."

Da überlegte sich der kleine Batsim: „Im Dorf gibt es ganz sicher kein Zimmer mehr, zum nächsten Ort sind es bestimmt zwei Tagesreisen. Das Kind kann doch nicht irgendwo mitten auf dem Weg zur Welt kommen." Fieberhaft überlegte er, wo die beiden unterkommen könnten, und so sehr er auch überlegte, ihm fiel niemand ein. Seine Oma, seine Tante, alle hatten schon ihre letzten Zimmer mit Gästen belegt. Da ging er traurig nach draußen in den Stall, wo ihre Hühner gackerten, die Katzen im Stroh lagen und wo auch der alte Ochse stand. „Na, was meinst denn du, wie wir helfen können?", fragte er den Ochsen. Der schaute ihn aber nur dümmlich kauend an und sagte gar nichts. Batsim blickte sich um. Hier war er eigentlich sehr gern, es war behaglich zwischen den Tieren, und plötzlich kam ihm eine Idee. Ja natürlich, das musste klappen, und das Baby würde zur Not sicher in die Futterkrippe passen! Er stürmte aus dem Stall quer über den Hof ins Haus. „Mama, Papa – wir müssen die beiden sofort herholen!", brüllte er durchs Haus. Er erklärte ihnen in

Windeseile seine Idee, aber beide schüttelten sie vehement den Kopf.

Eltern tun das häufig, wenn sie etwas Neues hören und es nicht richtig verstehen. Man muss es ihnen dann nur noch einmal erklären, irgendwann verstehen sie es von ganz alleine. Und wenn sie es dann verstanden haben, meinen sie, es wäre ihre Idee gewesen. Dann ist alles geritzt.

So war es auch bei Batsims Eltern. „Batsim, schnell, lauf hinter den beiden her und sage ihnen, dass sie im Stall schlafen können, wenn sie möchten. Ihren Esel können sie dann auch mitnehmen, und wenn das Kind kommt, dann können sie ja vielleicht aus der Krippe ein kleines Bettchen machen!" Batsim verdrehte die Augen, aber er rannte los. Völlig außer Atem erreichte er die beiden, die noch bei einigen anderen Häusern geklopft, aber immer nur die gleiche abweisende Antwort erhalten hatten.

„Also, wenn ihr ... [Husten] ... wollt, also wenn euch das nichts ausmacht, aber es ist eigentlich ganz gemütlich, wenn ihr also wollt, dann könnt ihr bei uns im Stall übernachten."

Ungläubig sahen die beiden den Jungen an und fragten, ob seine Eltern denn das erlauben würden. Aber er entgegnete, dass es ja praktisch ihre Idee war oder so ähnlich.

Glücklich und erleichtert strahlten sich die beiden jungen Menschen an, und dankbar gingen sie mit ihrem kleinen Eselchen hinter Batsim her, der schon auf dem Weg zurück zu der Pension war.

Dort angekommen stellten sie den Esel zu dem Ochsen in den Stall und machten sich zwei bequeme Schlafstätten aus Stroh. Batsim brachte ihnen dazu auch noch etwas zu essen, einige Decken und sogar sein eigenes Kopfkissen. Eine kleine Laterne strahlte ihr warmes Licht im Stall aus und machte aus der Behausung ein wohliges Plätzchen.

Batsim verbrachte viel Zeit bei den beiden, sie hieß übrigens Maria und er Josef. Irgendwie fühlte er sich zu ihnen hingezogen, und als am späten Abend bei Maria die Wehen einsetzten, da war er es, der eine Schüssel mit heißem Wasser und frische Leinentücher und Windeln brachte. Woher er wusste, dass Maria das brauchte, das fragte er sich hinterher noch öfter, aber so sorgte er dafür, dass das neugeborene Baby – es war ein Junge – gewaschen und in Windeln gewickelt werden konnte.

Auch war es Batsim, der Josef nach der Geburt einen Krug Wein und der Mutter einen kräftigen Tee brachte.

Als Batsim dann gerade ins Bett gehen wollte –
im Haus schliefen schon alle –, da hörte er frem-
de Stimmen vor dem Tor draußen: „Hier muss es
sein!" – „Ja doch, da hinter dem Tor!" – „Aber wie
kommen wir da rein?"

Batsim öffnete das Fenster, und da roch es
streng nach Schaf. Vor dem Tor waren einige
Hirten versammelt. Flüsternd rief er nach unten,
was sie denn wollten. „Ist hier ein Kind geboren
worden heute Nacht?" – „Wir waren auf dem
Feld, und da kam ein Engel und hat uns gesagt,
es würde hier sein."

Das war ja schon eine komische Sache, und
obwohl seine Eltern es ihm eigentlich verboten
hatten, öffnete er das Tor.

Eltern verbieten oft Dinge, obwohl das nicht
jeder Sachlage gerecht wird, also muss man als
Kind immer genau prüfen, ob ein Verbot passt
oder nicht.

Er öffnete also das Tor, und die Hirten folgten
verwundert dem kleinen Batsim in den Stall. Sie
hatten eigentlich erwartet, dass ihr König in
einem fürstlichen Bett zur Welt gekommen wäre und nicht in einem Stall, aber der Engel hatte
ja schon so etwas angedeutet.

Als sie dann vor dem Neugeborenen niederknieten und es anbeteten, da wunderte sich Batsim schon sehr. Komische Sache. Aber die Hirten waren sehr freundlich und auch friedlich, und sie gingen danach wieder mit einem verzückten Lächeln im Gesicht hinaus auf die Felder.

Ein paar Tage später musste Batsim ins Dorf gehen und ein paar Dinge für seine Eltern erledigen.

Eltern meinen häufig, ihre Kinder mit nutzlosen Dingen beschäftigen zu müssen, als hätte man als Kind nicht schon genug Sinnvolles zu tun.

Wie er also die sinnvollen Dinge erledigte, traf Batsim auf drei seltsame Gestalten. Einer der drei, er war neben der komischen Kleidung auch noch stark pigmentiert, hatte ein langes Rohr an sein rechtes Auge gedrückt und murmelte immer: „Es muss hier irgendwo sein, ich sehe es genau, aber wo denn? Hier ist nirgends ein Palast oder ein Schloss."

Batsim, der ja eigentlich sehr schüchtern war, wunderte sich über sich selbst. Denn er ging hin zu den dreien und fragte, was sie denn suchten. Sie musterten ihn aus ihren fremdartigen Augen und erzählten ihm dann von einem Stern, der sie hierher geleitet hätte und der anzeigen würde, dass hier ein neuer König geboren worden war. Und zwar genau vor acht Tagen. Batsim überlegte. Hier lebten ja nicht viele junge Leute. In den letzten zwei Wochen war nur der kleine Junge bei ihnen im Stall auf die Welt gekommen. Das erzählte er, und etwas verwundert gingen die drei mit ihm dorthin, und tatsächlich sagte einer von ihnen: „Seht nur, genau hierher strahlt der Stern!" Und da verneigten sie sich vor dem kleinen Kind und gaben ihm wertvolle Geschenke. Auch sie trugen ein verzücktes Lächeln im Gesicht, als sie sich dankbar von Batsim verabschiedeten. Er bekam übrigens auch ein Goldstück für seine Hilfe.

Ein paar Tage später zogen Maria und Josef mit dem kleinen Jesus – so hatten sie das Kind genannt – weiter. Sie bedankten sich ganz herzlich bei Batsim für seine selbstlose Unterstützung, und Maria rollte eine kleine Träne über die Wange, als sie sich bei ihm verabschiedete.

So wäre also ohne Batsim Jesus niemals im Stall zu Bethlehem geboren worden, er wäre nicht in Windeln gewickelt worden, die Hirten hätten das Kind nicht anbeten können, da das Tor verschlossen war, und auch die Heiligen Drei Könige würden wohl immer noch nach dem richtigen Platz suchen.

Batsim entwickelte sich zu einem prächtigen jungen Mann, und Jesus traf er später in seinem Leben noch einmal – aber das ist eine andere Geschichte ... und die wird ein andermal erzählt.

Danke, Miriam, dass du uns an einen so wichtigen Menschen erinnert hast.

# Zwei Brüder – Zwei Sterne

Zwei Brüder, wie sie im Grunde ähnlicher kaum sein konnten: Nick und Nils.

Ihre Eltern schenkten ihnen, als sie noch klein waren, ein hölzernes Schwert und einen Schild aus Holz. Nick erhielt das Schwert, Nils das Schild. Ein schönes Geschenk. Sie spielten sehr häufig damit. Sehr, sehr häufig.

Schon mit sieben Jahren begannen sie Sport zu treiben. Fußball. Nick spielte im Sturm, Nils in der Abwehr.

Zwei Tage im Sommer blieben Nils in Erinnerung. Am ersten Tag: 40 Vorlagen für Nick: ein Tor. Er war der Held des Tages. Die Woche darauf: 40 Torchancen von Nils abgewehrt, einen Zweikampf verloren. Daraus entstand das Gegentor. Es war sein letztes Spiel. Der Trainer stellte ihn nicht mehr auf.

Inzwischen arbeitet Nick als Manager in einem großen Chemieunternehmen. Er wohnt in einem großen Haus vor den Toren der Stadt auf einem weitläufigen Gelände. Seine Frau kennt Nils, die Kinder hat er nur einmal kurz gesehen.

Nils arbeitet als Kellner in einer Gaststätte. Keine Haute Cuisine, eher Hausmannskost. Manchmal kommen auch sehr unhöfliche Menschen zu Gast.

Schon die ganzen Tage vor Weihnachten regnete es. Temperaturen zwischen 8 und 10 Grad ließen keine richtige Weihnachtsstimmung aufkommen.

Nick steuerte seinen 7er BMW durch die dunklen Straßen nach Hause. Die letzten roten Rückleuchten vor ihm bogen gerade rechts ab. Noch ein paar Straßen – dann war er zu Hause. Die Scheibenwischerblätter arbeiteten mühevoll. Was war das da vorne? Da stand doch jemand am Straßenrand? Tatsächlich – bei dem Wetter, ohne Regenkleidung! Und dahinter ein Esel, mit einer Frau auf dem Rücken. Ebenfalls ohne Schirm. „Sind die denn verrückt? Sollen doch nach Hause gehen. Erschrecken einen am späten Abend!", dachte Nick und hupte erbost. Beim Vorbeifahren spritzte das Wasser, durch seine Reifen aufgepeitscht.

Die Gaststätte, in der Nils arbeitete, schloss am Heiligen Abend etwas früher als sonst. Sein Chef wies ihn noch an, alle Tische zu reinigen. Dann zog Nils sein Regencape über, setzte sich auf sein Fahrrad und machte sich auf den Weg nach Hause. „Allen Regen hält das Cape auch nicht ab", dachte er. Da sah er einen Mann am Wegrand stehen, ohne Regenbekleidung, und daneben – das kann doch nicht wahr sein? – eine Frau auf einem Esel sitzend, ebenfalls ohne Regenschutz.

Schnell fuhr er hin und hielt an. „Hallo, was machen Sie denn bei dem Regen hier draußen? Sie sind ja völlig durchnässt." Der Mann blickte Nils mit großen Augen an. Er antwortete nichts. Nils ließ seinen Blick von dem Mann zur Frau und zum Esel schweifen. Sie hatten nur ganz gewöhnliche Kleidung und eine Strickweste zum Schutz gegen den Regen am Leib. Der Esel sah erschöpft aus und ließ seinen Kopf hängen. Durch die Kleider der Frau entdeckte Nils, dass sie hochschwanger sein musste. „Haben Sie denn keinen Platz, wo Sie hin können?" Der Mann schüttelte den Kopf.

Nils überlegte. Er wohnte in einem kleinen Zimmer bei einer verbitterten, alten Vermieterin. Dahin konnte er die beiden auf keinen Fall mitnehmen. Freunde hatte er auch keine. „Ich habe leider auch keinen Platz für Sie", sagte er zu dem Mann. „Aber hier", er zog sein Regencape aus. "Geben Sie das doch bitte Ihrer Frau!". Dankbar griff der Mann danach. „Ich würde das nie annehmen", erwiderte er mit klarer, trauriger Stimme. „Es ist nur, meine Frau darf nicht mehr gehen, wegen dem Kind. Und wir finden keinen Platz für die Nacht. Ein Hotel können wir uns einfach nicht leisten."

In Gedanken zählte Nils sein Geld. Für eine oder zwei Nächte würde es wohl reichen. Nur, wohin dann mit dem Esel? Da kam ihm eine Idee. Aber er verwarf sie sofort wieder. Aber warum eigentlich nicht ... er war doch sein Bruder.

„Kommt mit, ich bringe euch zu meinem Bruder."

„Das können wir nicht annehmen", sagte nun die Frau und schaute ihn mit ihren großen, mandelbraunen Augen an. Energisch schüttelte sie den Kopf, und aus ihren langen Haaren spritzten die Wassertropfen bis zu Nils.

„Doch, seid so nett. Es ist nicht weit von hier."

Der Mann und die Frau sahen sich an, und der Mann sprach mit fester Stimme: „Danke, wir haben Ihnen viel zu verdanken."

Gemeinsam liefen sie los. Durch den dichten Regen. Nils überlegte, was er seinem Bruder sagen sollte. Er hatte ihn und seine Frau sicher seit zehn Jahren nicht mehr gesehen. Damals waren die beiden in das Gasthaus gekommen, in dem er arbeitete, und waren nach einem Blick in die Runde und einem in die Speisekarte mit gerümpfter Nase und einem gequälten Lächeln wieder gegangen.

Sie kamen an. Nils klingelte. Kurz darauf öffnete Nick die Tür. „Nils, was machst du denn hier? Du bist ja triefnass! So kann ich dich leider nicht hereinbitten. Unser neuer Marmorboden verträgt keine Wassertropfen."

„Nick, ich brauche deine Hilfe – das heißt, diese beiden Menschen brauchen sie. Ich kann sie leider bei mir nicht unterbringen." Nick blickte an Nils vorbei zu den beiden im Regen Stehenden.

„Du bist ja verrückt! Heute ist Weihnachten, da kannst du das wirklich nicht von mir verlangen."

Hinter Nick kamen nun neugierig seine Frau und die Kinder zur Tür.

Nils sah sich um, sah in die Augen der schwangeren Frau auf dem Esel, in die traurigen Augen, deren einzige Hoffnung auf ihm lag. Er schaute zurück zu Nick, der jetzt wieder begann: „Bitte Nils, geh jetzt, wir haben noch einiges vor heute. Sucht euch doch eine kleine Pension irgendwo." Er wollte die Türe schließen, als sich in Nils ein Licht entzündete. Vielleicht kam es aus den Augen der Frau, vielleicht auch von dem Stern, der über dem Haus leuchtete. So vieles schoss ihm durch den Kopf. Er schaute Nick eindringlich in die Augen: "Nick, du wirst jetzt augenblicklich dein Gästezimmer herrichten. Der Esel wird einen Platz im Garten bekommen, und deine Frau wird den Leuten etwas zu essen zubereiten. Hast du mich verstanden?" Ohne eine Antwort abzuwarten, drückte er sich an Nick vorbei ins Haus. „Kommt herein, ihr seid hier willkommen. Den Esel könnt ihr draußen festmachen. Sucht ihm einen schönen Platz unter dem Vordach."

Nils sorgte für trockene Kleider, für frische Decken, für einen Platz am Esstisch. Erst widerwillig, dann aber immer mehr von einer inneren Stimme getrieben, folgten nach den Kindern Nicks Frau und zuletzt auch Nick seinen Anweisungen. Nach und nach sprach man miteinander und aß gemeinsam. Die Kinder kümmerten sich um den Esel. Sie erzählten sich Geschichten und saßen länger zusammen, als sie sich das vorgestellt hatten.

In der Nacht kam das Kind zur Welt, eine unkomplizierte Geburt ohne Arzt und Hebamme. Ein niedlicher kleiner Junge.

Am nächsten Morgen waren die beiden, inzwischen ja drei samt Esel, verschwunden, als ob sie nie da gewesen wären.

Zwei Brüder, wie sie im Grunde ähnlicher kaum sein konnten: Nick und Nils.

Seit dieser Zeit – es ist schon fast ein Jahr her – kommt Nils häufiger bei seinem Bruder vorbei. Mit den Kindern versteht er sich prächtig. Das Restaurant gehört ihm inzwischen auch;

es ist eines der besten in der ganzen Stadt geworden, und wenn er Glück hat, dann bekommt er rechtzeitig vor Weihnachten vielleicht ...

... einen Stern.

# Ein müder Igel macht noch kein Weihnachten

1 42 – 143 – 144 – 145 – …
Nein, nein, nein, so wird das nichts.
Verdammt noch mal, ich kann einfach nicht einschlafen."

Unruhig wälzte sich der kleine Igel von der einen zur anderen Seite und stopfte sich vorsichtshalber noch ein paar dürre Blätter unter seinen Kopf, damit er auch ganz bequem läge.

„Wo war ich? 146 – 147 – …

Ich habe irgendetwas vergessen.

Irgendetwas muss ich noch machen, bevor ich einschlafe.

Aber was?"

Das kleine Igelchen grübelte vor sich hin und konnte einfach nicht einschlafen.

*So weit ist das eigentlich keine Weihnachtsge-
schichte. Kein Drängeln auf dem überfüllten und
von „Dreaming of a White Christmas" geschwän-
gerten Weihnachtsmarkt, kein hohles „Ho ho ho"
in den Gassen und kein Weihnachtsliedersingen*

*vom Kindergartenchor mit Triangel und roten Zipfelmützchen. Aber ...*

„Ich hab's! Wie konnte ich das nur vergessen. Bertas Weihnachtsnüsse! Natürlich. Ohne dass ich Berta noch die Nüsse gebe, die ich für sie gesammelt habe, kann ich nicht einschlafen. Natürlich."

Berta war ein äußerst flinkes und munteres, mit einem buschigen Schwanz versehenes Eichhörnchen. Und zudem die beste Freundin unseres kleinen Igels.

„So, jetzt bringe ich die Nüsse noch dort zum Baum. Da kommt sie heute Abend und holt sie sich. Sie wird sich freuen.

Hier ist ein schönes Plätzchen dafür. Sie weiß genau, dass sie von mir kommen.

Und nun schnell zurück zu meinem Laubschlafzimmer."

„Mama!!! Da, ein Igel. Guck doch nur."

„Wo?"

„Na da. Ist der süß, der kann sicher nicht schlafen."

„Jetzt sehe ich ihn auch. Es ist schon spät im Jahr, der ist vielleicht auch in seinem Versteck gestört worden."

„Mama, wir müssen ihn mitnehmen!"

„Oh je, was ist denn das? Ich will doch nur zu meinem Bettchen! Wie ging noch mal das Gedicht von Onkel Theodor?

Kriegt ein Mensch dich mal zu sehen,
lass ihn stehen.
Zeit, sich zu trollen –
aber ist es zu spät: schnell zusammenrollen!"

„Mama, er rollt sich zusammen."

„Ich gehe mal rein und suche nach einem Karton."

Vorsichtig nahm der kleine Jonas den Igel auf seine Hände und trug ihn in Richtung des Hauses.

*Soweit eigentlich immer noch keine Weihnachtsgeschichte.*

*Gut, es sind Weihnachtsnüsse für ein Eichhörnchen vorgekommen, aber so eine richtige Weihnachtsgeschichte mit quengelnden Kindern im Supermarkt mit „Weihnachtsgedudel" ist das noch nicht, aber ...*

„Wow, das riecht ja mal lecker hier. Da muss ich mal mein Schnäuzchen ganz vorsichtig rausstrecken. Mhmm, tolle Gewürze. Kardamom, Anis, Zimt, Nelken ..."

„Mama, er streckt seine Nase raus, oh wie süß! Wie nennen wir ihn?"

Das kleine Igelchen begann seine Umgebung zu inspizieren. Hellbrauner Karton. Doppelt so hoch, wie er lang war. Und das an allen Seiten. Unüberwindbare Gefängnismauern. Einmal mit dem Kopf gegen die Mauern. Keine Chance durchzukommen. Aber wo kam nur dieser phantastische Duft her? Sein Riechorgan war extrem gut ausgebildet, und er liebte exotische Gerüche. „Mal schauen, ob ich das durchbeißen kann." Vorsichtig knabberte er an einer Ecke.

„Mama, ich glaube, er will raus. Schau mal, er hat da schon ein Loch reingebissen."

„Oh ja. Schnell, wir müssen einen besseren Karton finden."

Und so landete das kleine Igelchen in einem stabilen Karton, in dem liebevoll Stroh und Blätter aufgehäuft wurden und auch ein kleines Häuschen seinen Platz fand.

An Schlaf war für den kleinen Kerl nicht zu denken. Ständig war da etwas Neues. Er hatte ja die Vorweihnachtszeit immer verschlafen. Aber da strömten herrliche Düfte von frisch gebackenen Plätzchen zu seinem Platz im Kinderzimmer herüber. Da lag der wunderbare Klang von sonderbaren Liedern mit harmonischen Melodien in der Luft. Und da lasen am Abend die Mutter oder der Vater aus einem dicken Buch ganz rührende Geschichten über Weihnachten vor. Nein, an Schlaf war da überhaupt nicht mehr zu denken.

Insbesondere da ja auch tagtäglich ein vorzügliches Mahl für ihn bereitet und auch Milch in ausreichender Menge gereicht wurde. Leider spürte er so ein kleines Drücken in der Magengegend.

„Eigentlich fühle ich mich ja schon wohl. Vielleicht sollte ich mir dieses Jahr das Weihnachten der Menschen einfach mal ansehen. Wie ging noch mal der Spruch von Onkel Theodor:

Sieht der Igel die Heilige Nacht,

ist er um seinen Schlaf gebracht,

dann wird's für ihn noch 'ne lange Zeit,

bis es taut und nicht mehr schneit."

Wäre ja alles gut, wenn er nicht nur immer so Bauchweh hätte. Das war das einzige, was das kleine Igelchen störte.

*So, jetzt ist es aber zu einer richtigen Weihnachtsgeschichte geworden, und schon steht der Heilige Abend vor der Tür. Quengeln, Drängeln und Gedudel kommen zwar dieses Mal zu kurz, aber Weihnachten kann ja auch schön sein, oder ...?*

Leider konnte der kleine Igel den Weihnachtsmorgen nicht so richtig genießen. Er spürte zwar, dass überall Spannung in der Luft lag und dass alle so lieb miteinander umgingen. Er fühlte, dass ein ganz besonderer Tag begonnen hatte. Alle waren zwar geschäftig unterwegs, aber alle hatten auch ein liebes Wort für den anderen, und es roch wieder so hervorragend nach Gewürzen.

Nur konnte er es wegen der Schmerzen in seinem Bauch nicht richtig genießen.

„Mama, schau mal unser kleiner Isidor (so hatten sie ihn genannt), ist so still. Er bewegt sich so wenig. Was hat er denn?"

„Vielleicht möchte er ja noch schlafen."

„Mama, ist er auch bestimmt nicht krank?"

„Nein, ich hoffe es nicht."


Der kleine Jonas machte sich Sorgen um Isidor und brachte ihm zum Weihnachtstag ganz besonders leckeres Futter, das er als Katzenfutter im Supermarkt gekauft hatte. Isidor freute sich.

Am Abend nahmen sie Isidor mit zum Baum und schenkten ihm ein neues Häuschen. Er fühlte sich so wohl und lag gemütlich auf einer weichen und warmen Decke auf dem Sofa. Er bewegte sich nicht viel und versuchte, nicht an seinen Bauch zu denken.

Es war ein so schöner Abend. Es wurde gesungen, gelacht, und Geschenke wurden ausgetauscht. Alle umarmten sich. Isidor war so glücklich, das alles miterleben zu dürfen und mitten unter „seiner" Familie zu sein. Später setzten sie ihn dann wieder behutsam in seine Kiste und gingen schlafen.

Am nächsten Morgen war Jonas der erste, der wach wurde.

„Mama, Mama, Mama. Komm schnell!!!"

„Ach Gott, was ist los, Jonas – ist was passiert?"

Mama und Papa kamen hereingerannt, und alle standen wie versteinert vor der Kiste von Isidor.

Tja, Isidor war wohl doch kein Isidor. Eher eine Isidora. In der Kiste lag neben der glücklichen Igeldame ein kleines putzmunteres Igelchen mit wachen Augen, das in der Heiligen Nacht zur Welt gekommen war. Und das war wirklich ein Wunder in dieser Jahreszeit.

Ein Weihnachtswunder.

Ein kleines Igeljesuskindweihnachtswunder.

# Der Weihnachtswombat

Dass ganz ausgewählte Kinder am Weihnachtstag mit den Tieren sprechen können, ist für euch ja nichts Neues. Das war schon bei Matthias und der Spinne so. Und so ist es in diesem Jahr auch bei Kevin und dem Wombat. Aber der Reihe nach:

Es begab sich in einem kleinen Dorf in Australien. Dort war alles anders in der Vorweihnachtszeit. Die Eltern waren entspannt, die Mutter hetzte nicht durch die Wohnung, und der Paketbote klingelte auch nicht regelmäßig an der Türe.

Quatsch: Auch wenn Christeltown direkt am anderen Ende der Erdkugel lag, also genau da, wo man rauskommen würde, wenn man von hier aus senkrecht ein Loch in die Erde graben würde, so war dort alles genauso wie bei uns. Papa war nervös und jammerte, dass er keine Zeit hätte, Mutter hetzte putzend durch das Haus, die Lehrer in der Schule meinten, einen Wettbewerb veranstalten zu müssen, wer die meisten und schwierigsten Schularbeiten schreiben lässt, der Paketbote klingelte mindestens dreimal am Tag mit einem Berg von Paketen an der Tür, und es kam wieder – wie all die Jahre zuvor – keine richtige Vorweihnachtsstimmung auf.

Alles war wie bei uns. Nur eines nicht. In Christeltown in Australien zeigte das Thermometer 36 Grad. Es war Hochsommer. Ist ja auch logisch, weil das auf der anderen Seite der Weltkugel liegt. So schwitzte sich also Kevin durch die Vorweihnachtszeit.

Als Kevin gerade am Adventskalender das letzte Türchen öffnete, hörte er aus seinem Zimmer seltsame Geräusche. Er spurtete hinauf, und was sah er?

Mitten im Zimmer hockte ein dicker, behäbiger Wombat, der sich wohl vor der großen Hitze in sein Zimmer geflüchtet hatte. Er hatte das ganze Zimmer durchwühlt und saß nun vor einem Bilderbuch und betrachtete intensiv die Seiten.

Ohne eine Antwort zu erwarten, sagte Kevin: „Hey, was machst du denn da?"

„Nach was sieht es denn aus?", antwortete der Wombat. „Ich lese ein Buch."

Kevin blieb fast das Herz stehen. Wie ein angewurzelter Weihnachtsbaum stand er da und schaute ungläubig zu dem Wombat hinüber, der ihn übrigens keines Blickes gewürdigt hatte und weiter in das Buch vertieft war. Stotternd brachte er hervor: „Und, und was, was liest du? Wenn ich fragen darf?"

„Komm her", rief der Wombat, immer noch ohne aufzuschauen, „das glaubst du nicht!"

Kevin ging hin und sah sein Lieblingsweihnachtsbuch, das er einmal von Freunden aus Deutschland geschenkt bekommen hatte. Darin waren viele Bilder aus der Weihnachtszeit, aber auch Fotos von verschneiten Tannenbäumen und verschneiten weihnachtlich geschmückten Dörfern zu sehen.

„Da muss man nicht schwitzen zur Weihnachtszeit. Mann, die haben es aber gut!"

„Das ist in Deutschland, genau auf der anderen Seite der Erde", erwiderte Kevin stolz. Das hatten sie gerade in Erdkunde gelernt.

„Ist das weit?", fragte der Wombat.

„Hm, weiß nicht. Auf dem Globus im Wohnzimmer ungefähr so weit." Er zeigte mit den gespreizten Fingern vom Daumen bis zum Mittelfinger.

„Na, dann kann es ja nicht so weit sein", mutmaßte der Wombat, „und in welche Richtung?"

„Man kommt in jeder Richtung dort hin. Das ist das Tolle. In jeder Richtung ist es gleich weit", erklärte Kevin.

„Na, dann lass uns losgehen. Ich habe die Sonne und diese Hitze so satt." Und der Wombat marschierte aus dem Zimmer. Kevin überlegte nicht lange. Auch er hatte diese Temperaturen satt, und er hatte sich schon immer gewünscht, einmal Weihnachten im Schnee zu verbringen. Zum Abendessen würden sie ja sicher wieder zu Hause sein. Und daher belästigte er seine gestressten Eltern nicht mit unnötigen Informationen, sondern ging dem Wombat hinterher und zur Türe hinaus. Eltern können für gewöhnlich mit unnötigen Informationen nicht so gut umgehen.

Sie liefen aus dem Dorf und gingen ein Stück die Straße entlang. Dann kamen sie in die Stadt, in der Kevin immer mit seinen Eltern einzukaufen pflegte. Dort stand auch ein großes Einkaufzentrum, und genau da hatte man zur Adventszeit eine Schlittschuhbahn aus Plastik aufgebaut. „Wow, das muss Deutschland sein", sagte der Wombat. „Das ist ja Eis".

„Aber hier ist es doch genauso warm wie zu Hause!", entgegnete Kevin.

„Hm, da hast du natürlich recht. Mist!", musste der Wombat verärgert zustimmen.

Inzwischen hatten die Eltern von Kevin natürlich bemerkt, dass er nicht mehr da war. Überall hatten sie nach ihm gesucht, und nirgends war er zu finden gewesen. Da hatten sie sich auf den Weg gemacht und alle Freunde von ihm abgeklappert. Sie machten sich große Sorgen, als sie wie durch ein kleines Wunder auf die Idee kamen, dass Kevin eventuell in die nahe Stadt gegangen war, um noch Geschenke zu kaufen. Und tatsächlich sahen sie ihn dort bei der Plastikeisbahn stehen. Bei einem Wombat, mit dem er sich zu unterhalten schien.

„Kevin!", schrien sie. „Kevin, komm her! Was hast du nur gemacht? Warum bist du fortgelaufen? Und warum hast du nichts gesagt?" Eltern können schon ganz schön viele und dumme Fragen stellen. Manchmal glaubte Kevin, dass sie in Wirklichkeit gar keine Antworten darauf erwarteten, sondern mit der Fragestellung alleine schon die Antwort für sich bekommen würden. Trotzdem beantwortete er zumindest eine Frage: „Wir wollten nach Deutschland." – „Wer ist wir? Und warum nach Deutschland? Weißt du nicht, wie weit das ist?" Wieder diese vielen Fragen, auf die sie nicht wirklich eine Antwort erwarteten.

Es kam aber so, dass sich die Eltern wieder beruhigten (in der Regel machen das die meisten Eltern nach ein paar Minuten) und er den Wombat mitnehmen durfte für das abendliche Weihnachtsfest. Er bekam sogar Gelbe Rüben und Haferflocken. Alle feierten gemeinsam Weihnachten mit Liedern und Geschichten, und es kam – wie jedes Jahr – pünktlich noch die richtige Stimmung auf.

Nach der Bescherung saß Kevin mit dem Wombat noch in seinem Zimmer zusammen, und da verriet ihm dieser, dass er ein ganz besonderer Wombat sei: ein Weihnachtswombat. Jedes Jahr spaziere er zu einem Kind, und das dürfe sich dann was wünschen. Und der Oberwombat im Himmel erfüllt dann diesen Wunsch. So hat er im letzten Jahr einem Kind eine Eisenbahn gewünscht und davor eine neue Playstation.

„Jetzt bist du an der Reihe", sagte erwartungsvoll der Wombat. Völlig überrascht schaute Kevin ihn an. Er wusste nicht so genau, ob er ihm glauben konnte. Aber dann dachte er, versuchen kann ich es ja: „Ich wünsche mir, dass es schneit", schoss es aus ihm hervor.

„Na, dann hätten wir uns den Trip aber sparen können", entgegnete der Wombat. Und müde legte er sich auf ein paar der zahlreich auf dem Boden verteilten Kleidungsstücke und schlief ein.

Mindestens genauso erwartungsvoll wie am Weihnachtstag selbst erwachte Kevin am nächsten Morgen. Der Wombat war weg. Er stürzte zum Fenster und konnte es kaum glauben. Rings um das Haus lag tiefer, glänzender weißer Schnee. Seine Fensterbank war bedeckt mit weißen Flocken. Und auf der Straße standen die Leute ungläubig um das Haus herum und gafften auf die weiße Pracht.

Durch den Garten konnte Kevin von seinem Fenster aus ganz deutlich die Spuren eines Wombats – aus dem Haus kommend, dann sich im Schnee wälzend und danach zur Straße hinaus gehend – erkennen. Noch im Schlafanzug stürzte er hinaus und tobte zufrieden im kühlen Weiß!

# Hoch über den Wolken

## oder

# Im Himmel gibt es kein Gemüse

Wir bitten Sie nun, sich anzuschnallen und Ihre Sitze in eine aufrechte Position zu bringen. In wenigen Minuten starten wir die Triebwerke, und dann können wir zur Startbahn 2 rollen und in südwestlicher Richtung abheben."

Ich sitze am Fenster und blicke mit leeren Augen auf den trüben Flugplatz. Leichter Regen und Grau, Grau, Grau überall.

Tatsächlich rollen wir mit nur einer halben Stunde Verspätung in Richtung Heimat los.

„Wir möchten Sie nun mit unseren Sicherheitseinrichtungen an Bord vertraut machen ..."

Stewardessen-Ballett! Selbst das kann an solch einem verregneten Tag meine Stimmung nicht wirklich verbessern. Allein die Aussicht auf das baldige Weihnachtsfest und die erholsamen

Tage drumherum zaubern einen kleinen Sonnenstrahl in die öde Umgebung.

„Cabin crew: five minutes to take-off."

Und schon geht es los. Angenehm, wie man in den Sessel gedrückt wird, wie man abhebt und wie die Häuser immer kleiner am Boden verschwinden.

Okay, der Kapitän benötigt meine Unterstützung jetzt nicht mehr. Kann ich mich also auf die Unterlagen konzentrieren, die ich mitgenommen habe.

Ein Blick noch aus dem Fenster. Wir fliegen durch die Wolkendecke. Ein bisschen unruhig, aber sonst nichts zu sehen draußen.

„In wenigen Minuten servieren wir Ihnen einen kleinen Snack sowie kalte Getränke, Kaffee und Tee ..."

Noch ein Blick aus dem Fenster. Wir sind durch die Wolken durch, und über uns zeigt sich der blaue Himmel. Unter uns die Wolkenberge, die wie ein riesenhaftes Gebirge aus Zuckerwatte aussehen. Immer wieder ein phantastischer Anblick.

Aber was ist das?! Da, da, da tanzt doch ein kleiner Engel auf den Wolken! Ein kitschiger, kleiner Engel mit einem viel zu kleinen Kleidchen und einem „nackten Hinterteil". Ich reibe mir die Augen, schaue nochmal. Immer noch da. Vorsichtig sehe ich mich nach den anderen

Fluggästen um. Die scheinen nichts zu bemerken. Hm! Ich kneife mich. Nein, ich träume nicht.

„Möchten Sie die *Chips Toscana* oder die *Manner Schnitten*?"

„Hä?"

Ein freundlicher, unsicherer Blick aus dem Gesicht einer Stewardess.

„Ach so; ja – die Chips."

Jetzt winkt er mir auch noch zu, der kleine Engel, der da draußen auf den Wolken tanzt. Wenn ich gelandet bin, sollte ich wohl unbedingt einen Arzt konsultieren.

Er kommt auf mich zu. Ich fasse es nicht. Als ob da keine 20 cm dicke Wand wäre, steht er plötzlich neben mir. Hilflos schaue ich mich um. Alle anderen Passagiere scheinen zu schlafen.

„Hallo, du bist doch der Markus?"

„Ja, äh ja, ich glaube schon."

„Toll, dich habe ich gesucht. Komm, wir gehen los, wir haben nicht mehr viel Zeit."

„Könntest du mir bitte erklären, was das soll?"

„Das machen wir auf dem Weg."

Und schon nimmt er meine Hand, und wir stehen auf den Wolkenbergen. Ganz vorsichtig mache ich einen Schritt nach vorne. Klappt, ich falle da wirklich nicht durch. Das gibt es doch nicht!

Fassen wir kurz zusammen. Ich stehe also an der Hand eines kleinen Engels auf einem Wolkenberg und gehe irgendwohin, wobei wir keine Zeit verlieren dürfen.

„Könntest du mir bitte erklären, was das soll und wo wir hingehen?"

„Ach so, ja – ich habe mich noch gar nicht vorgestellt. Ich bin Eusebia, himmlische Botin für besondere Aufgaben. Und ich bringe dich zu meinem Chef, dem Logistikverantwortlichen für die Weihnachtsgeschenke."

„Aha, na dann ..."

Wir laufen immer tiefer in die Wolkenberge hinein. Um uns verwandelt sich alles in eine große, weiße Höhle, in der es strahlt und glitzert, als wären wir im Ausstellungsraum von Swarowski. Langsam wird die Höhle breiter und höher, und dann stehen wir in einem großen Raum, in dem viele solcher kleiner Engel, geradeso wie man sie sich so vorstellt, geschäftig umeinander laufen, Dinge transportieren, rufen, mit den Armen fuchteln und, und, und ...

Am oberen Ende des Raumes steht ein großer Mann mit einem langen Bart. Zu dem gehen wir hin.

„Ah, der Markus!", begrüßt er mich. „Danke, dass du so schnell kommen konntest. Wir brauchen deine Hilfe."

„Und die wäre …?"

„Ach, dann hat Eusebia dir noch nichts erzählt? Es geht darum, dass unsere himmlischen Weihnachtstransportboten in den nächsten Tagen zur Erde hinunter fliegen und dort die Weihnachtsgeschenke verteilen sollen. Aber dazu brauchen sie viel Kraft. Es ist ein langer und beschwerlicher Weg dorthin. Dazu brauchen sie eine kräftigende Gemüsesuppe, sonst schaffen sie das nicht. Und gerade jetzt ist unsere einzige Köchin, die eine Gemüsesuppe zubereiten kann, in einen hundertjährigen Schlaf gefallen, aus dem wir sie einfach nicht wecken können. Eine Katastrophe!"

„Und ich soll sie wachkü…?"

„Nein, nein, das würde nichts nützen, und du würdest das auch nicht wirklich wollen, sie ist schon sehr, sehr alt und kann den Schlaf ja auch sicher gut brauchen. Wir dachten, dass du uns dieses Jahr die Suppe zubereitest?"

„Das mache ich gerne, wo sind die Zutaten, und wo ist die Küche?"

„Eusebia, bringe ihn bitte in die Küche und in die Speisekammer."

Wir gehen in den nächsten Raum, und dort befindet sich eine gigantische Küche. Alles, was man benötigt, … um Süßigkeiten jeder Art zuzubereiten. Und in der Speisekammer genauso. Marzipan, Zucker, Kuvertüre. Alles – aber natürlich kein Gemüse. Wer wünscht sich auch Gemüse zu Weihnachten? Da liegt also der Knackpunkt: Es gibt im Himmel kein Gemüse!

„Was machen wir denn jetzt, Eusebia?"

„Wir dachten, dass du uns vielleicht helfen kannst?"

„Hm ..."

Wie kommt man im Himmel an Gemüse?

Ich überlege und überlege, da kommt mir eine Idee.

„Wie ist das eigentlich, Eusebia, kommst du in jedes Flugzeug rein?"

„Ja."

„Na, dann suchen wir mal nach dem nächsten Frachtflugzeug und hoffen, dass es irgendwelches Gemüse dabei hat."

Gesagt, getan – gehen wir also wieder Hand in Hand, sonst würde ich tatsächlich durch die Wolken hindurchrauschen – nach unten. Nach kurzem Warten fliegt auch wirklich ein Frachtflugzeug vorbei. Wir steigen, als wäre nichts geschehen, ein und schauen uns um: Ananas, Bananen, Papayas. Alles, alles – aber kein Gemüse. Wir durchsuchen das ganze Flugzeug, aber außer einem kleinen Paket mit ein paar Mohrrüben, das für ein Meerschweinchen in Tansania zu Weihnachten bestimmt ist, finden wir nichts. Natürlich wollen wir dem Meerschweinchen nichts wegnehmen, und außerdem wären es eh zu wenig. Enttäuscht gehen wir den gleichen Weg zurück.

Die Zeit wird knapp. Ängstlich schaut mich Eusebia beim Wolkenwandern an.

„Hast du denn keine Idee? Wenn die Transport-Engel nicht bald ihre Suppe bekommen, dann schaffen wir das nicht rechtzeitig. Und dann gibt es dieses Jahr keine Geschenke."

Aber leider breitet sich in meinem Gehirn nur Ratlosigkeit aus.

In dem großen Raum mit den geschäftigen Engeln wieder angekommen schaue ich mir näher an, was sie machen. Viele von ihnen sitzen an Tischchen und malen.

„Eusebia ..."

„Ja?"

„Was machen die denn da?"

„Ach, die malen die Dinge, die sich die Menschen auf der Erde gewünscht haben."

„Und dann?"

„Dann werden sie echt."

Ich sehe mir das jetzt genauer an. Ein kleiner Engel vor mir malt mit kurzen Federstrichen einen iPod – und Plopp, keine Sekunde, nachdem er fertig mit Zeichnen ist, liegt ein nigelnagelneuer iPod touch mit 18 Gigabyte auf dem Tisch.

So funktioniert das also!

„Eusebia?"

„Ja?"

„Funktioniert das mit allem?"

„Fast allem."

„Mit Kartoffeln?"

„Können wir probieren."

Ich beschreibe also dem himmlischen Mal-Engel eine Kartoffel, und er malt.

„Ja, genauso sieht sie aus."

Ich habe es noch nicht fertig gesprochen, da macht es Plopp, und vor mir liegt eine phantastische, appetitliche Kartoffel. Jetzt kapiert auch Eusebia.

Wir lassen malen, was das Zeug hält: Zwiebeln, Mohrrüben, Sellerie, Lauch. Und es klappt. Alles in den Topf, und los geht es.

Tatsächlich! Nach einer Stunde dampft es lecker in der Küche. Die kleinen Engelchen würden zwar deutlich lieber von den Süßigkeiten naschen, aber da sorgt schon der himmlische Logistikleiter dafür, dass die Transport-Engelchen nur kräftigende Suppe bekommen. Er strahlt mich an und findet tausend Worte des Dankes. Nun ist also die zeitgerechte Belieferung der Geschenke gesichert.

Eusebia bringt mich wieder nach oben und ins Flugzeug, das „zufälligerweise" gerade an der Stelle vorbeifliegt, an der wir nach oben kommen. Die anderen Passagiere scheinen gerade aufzuwachen, als ich tief unter mir Eusebia wieder freudig in den Wolken tanzen sehe.

Ich sehe sie inzwischen übrigens häufiger, wenn ich wieder mal im Flieger unterwegs bin. Sie winkt mir dann auch immer zu.

# Der rätselhafte Fremde

## oder

# Der Tag, an dem Christian

## geboren wurde

Warum mussten wir unbedingt hierher ziehen? Überall auf der Welt ist es schöner als hier!" So dachte der kleine Frederik, seit seine Eltern hierher gezogen sind. Dabei hätte er eigentlich der glücklichste Junge sein können. Alle beneideten ihn um das große, alte Haus, in dem er wohnte.

Fast wie ein Schloss sah das Haus mit den kleinen Türmchen und Erkern aus.

Frederik ängstigte sich aber in den großen und zahlreichen Räumen. Alles fühlte sich so kalt und dunkel an. Und dann noch die Schule! Alle ärgerten den Neuen und hatten mächtigen Spaß daran, ihm den Füller zu klauen, die Hefte zu verschmutzen oder ihn nach der Schule anzurempeln. Dabei ist Schule ja auch schon ohne Kinder, die einen ärgern, doof genug.

Gerade wollte er sich nach der Schule schnell verdrücken, als sich eine ganze Reihe von Jungs aus seiner Klasse vor ihm aufbaute: „Na, wo willst du denn hin, kleiner König? In dein Schloss? Wo sind denn deine Untertanen? Oder deine Armee?" Sie verhöhnten ihn, und dann warfen sie mit Schneebällen nach ihm, als plötzlich – wie aus dem Nichts – ein Mann zwischen Frederik und die Jungs trat. Der Mann musste so um die 35 Jahre alt sein, seine langen, dunklen Haare schauten unter einer Strickmütze hervor. Außerdem hatte er einen zotteligen Bart und trug einen langen Mantel. Seine Eltern hätten ihn sicher als „Alt-68er" bezeichnet, wenn Frederik auch nicht genau wusste, was seine Eltern damit meinten. Er blickte die jugendlichen Rüpel nur mit einem strengen Blick an, und schon verkrümelten sie sich.

„Wer war der Mann?", fragte sich Frederik. War es ein Lehrer? Aber das konnte nicht sein. Da spurten die Kinder nicht so. Vielleicht der Direktor? Aber mit so einem Bart?

„Hallo, haben dir die Jungs weh getan?", fragte der Mann. Aber Frederik verneinte. „Na, damit nicht noch was passiert, gehe ich ein Stück mit dir mit – aber nur, wenn es dir recht ist. Wo wohnst du denn?"

Sie gingen zusammen durch die verschneite Stadt und unterhielten sich über alles Mögliche. So kurz war der Weg Frederik noch nie vorgekommen. Als sie vor dem Haus standen, erzählte Frederik dem Mann, dass seine Mutter wieder schwanger sei und dass er sicher bald ein Geschwisterchen bekommen würde. Frederik wusste zwar, dass man Fremden gegenüber vorsichtig sein musste und ihnen möglichst wenig erzählen sollte, aber der bärtige Mann war so nett und hilfreich gewesen und hatte sich überhaupt nicht aufgedrängt, dass er spontan Vertrauen zu ihm gefasst hatte. Sein Gefühl sagte ihm, dass es dieser hier gut mit ihm meinte – und auf sein Gefühl hatte er sich bisher immer verlassen können ... zumal er eher der ängstliche und vorsichtige Typ war.

Nach diesem Vorfall wurde es in der Schule besser mit den anderen Jungs. Wer auch immer dieser Mann gewesen war, er hatte bei den meisten Jungs mächtigen Eindruck hinterlassen. Vielleicht lag es auch an der Vorweihnachtszeit, dass die Kinder einfach bessere Laune hatten. Manchmal sprach und spielte Frederik mit einigen der Kinder.

Nur mit zwei der Jungs klappte es überhaupt nicht, und die lauerten ihm nach der Schule auf. Zuerst wieder das dumme Geschwätz über den

König, und dann packten sie ihn und drückten ihn in den Schnee.

„Oh, wenn doch nur jetzt wieder der Mann käme!", dachte Frederik, und wieder – wie aus dem Nichts – stand er da: Wieder schaute er den beiden Jungs nur nachdrücklich in die Augen, und sofort hielten sie inne und liefen, so schnell sie konnten, davon.

„Haben die immer noch nichts gelernt?", fragte der Mann traurig. Aber Frederik meinte, dass es inzwischen mit den anderen Kindern schon deutlich besser passe. Und bald seien ja auch Weihnachtsferien. Morgen sei der letzte Schultag, und am Freitag sei Heilig Abend. Nachdenklich blickte der Mann in den Himmel. „Ja, am Freitag habe ich auch Geburtstag", sagte er ganz leise – so, als sollte es niemand hören, nur er selbst.

Die beiden gingen wieder durch die schneebedeckten Straßen, bis sie weit vor der Stadt am Haus von Frederik ankamen. Frederik erzählte von seinen Eltern, die leider so wenig Zeit hatten, und von seiner Mutter, die schon nicht mehr richtig laufen konnte. Und dass sie noch nach einem Namen für das Kind suchten und, und, und. Richtig losplappern konnte Frederik, und mit jedem Wort, das er dem Fremden gegenüber aussprach, wurde es ihm leichter ums Herz. Er konnte sogar seit langem wieder richtig lachen, als er nämlich die doofen Gesichter der beiden Jungs nachmachte, als sie davonrannten.

Bei Frederiks Haus angekommen sagte der Mann: „Wir sehen uns bald wieder."

Dann war er so schnell verschwunden, wie er erschienen war.

Die nächsten Tage vergingen im Chaos wie jedes Jahr vor Weihnachten. An der Vorweihnachtshektik hatte auch der Umzug nichts ändern können. Mutter brannte das Weihnachtsgebäck an, Papa fluchte, dass er die Geschenke nicht richtig einpacken konnte, und alle paar Minuten klopfte Mamas neuer Freund, der Paketbote, an die Tür.

Der Heilige Abend kam, und die Bescherung wäre dieses Mal sicher am schönsten seit langem gewesen, doch da passierte es: Innerhalb von Sekunden wurde Mama bleich wie eine Schippe Mehl und stöhnte los. Papa wurde sogar noch bleicher und drohte umzukippen. Sie bekam gerade noch heraus: „Es kommt!" und krümmte sich am Boden.

Da plötzlich stand er da! Der Mann, der Frederik schon zweimal gerettet hatte, stand urplötzlich mitten im Raum und wusste genau, was zu tun war. Mit einigen Handgriffen war er da, der kleine Wurm. Kleiner als der Teddybär von Frederik. Und er brüllte!

Alle waren viel zu verdutzt, um zu fragen, wo der Mann, der wohl Arzt war, herkam. Alle waren zu glücklich, als der kleine Kerl gesund auf der Welt ankam. Alle kümmerten sich nur um das Baby und die Mutter.

Als Frederik das erste Mal nach dem Mann schaute, da war er schon wieder weg. Frederik stürmte nach draußen und rief nach ihm: „Hallo, wo sind Sie?"

Dicke Flocken schneiten vom Himmel, aber weit und breit keine Menschenseele.

„Hallo, hören Sie mich? Schöne Weihnachten wünsche ich Ihnen und … ja … und alles Gute zum Geburtstag!"

Und wie mit einem Schlag war allen klar, dass das Baby den Namen Christian bekommen musste.

# Weihnachten im Plusquamperfekt

## oder

## Halber

## Vorweihnachtsdialog am Telefon

Wir werden heuer zu Hause bleiben. Also alleine, das heißt zu zweit!

Die Elsa, ja – die is' in Neuseeland auf'm Auslandssemester. Die haben da ja auch ein ganz anderes Weihnachten.

Die Louise, ja – die ist ja in Paris, muss dort auf die Kinder aufpassen. Die Aupair-Eltern haben Dienst über Heiligabend. Ist bei den Franzosen ja auch nicht so wichtig.

Ja – und der Thomas hat ja nun seine eigene, kleine Familie. Mit dem Peter ... und seiner kleinen Celine. Ja, er meinte, dass er mittags, kurz, nur so. Na ja, weil halt schon Weihnachten und er halt so unser Sohn. Und weil er ja weiß, dass es uns wichtig ist. Hat sich ja noch nie so viel aus Feiertagen gemacht. Der Thomas.

Und dann kam die Anne. Weihnachten in Grönland. Der Mega-Hammer. Ober-Hammer-Geil. Total Nacht. Also, die ganze Weihnacht. So geil. Nur 300 Euro. Das hätte ich ja nie ... aber er halt. Der Papa. Papa Rolle!

Ja, da werden wir heuer mal zu zweit ... Also, das is' ja auch, weil wir mal geheiratet haben ... verheiratet sind ... gehatten verheiratet geheiratet.

Plusquamperfekt!

# Gastbeitrag
(Lukas, 2008)

# Eine Familie zu Weihnachten

Geschäftiges Treiben wie jedes Jahr. Jeder Engel schwirrte umher, sprach aufgeregt vor sich hin und backte die feinsten Plätzchen. Viele machten sich bereits daran, sich für den Wunschzettelflug bereit zu machen, andere suchten und produzierten bereits Weihnachtsbaumschmuck. Und wieder andere ließen Schnee in feinen Flocken vom Himmel rieseln. Das Christkind beobachtete das ganze Treiben. Ärgerlich sagte es: „An Weihnachten geht es den Menschen nur noch um Geschenke! So kann das einfach nicht weitergehen. Doch wir können nichts dagegen tun. Gibt es keine Geschenke, sind alle Menschen traurig, und das will ich am allerwenigsten." Sorgenvoll half es beim Lametta-Schneiden und beim Christstollen-Backen.

Max schrieb eifrig an seinem Wunschzettel: ein Spielauto, ein Hamster, vier spannende Bücher, ein Computerspiel und ein grüner Roller. Zu seiner Mutter sprach Max: „Was wäre Weihnachten nur ohne Geschenke? Ganz ohne die neuen Sachen wäre Weihnachten für mich ein ganz gewöhnlicher Tag! Hoffentlich bekomme ich auch alles wie letztes Jahr!"

Die Mutter antwortete freudig: „Mach dir keine Gedanken! Sicherlich gibt es Geschenke! Das Christkind lässt doch Weihnachten nicht zu einem gewöhnlichen Tag werden!"

Am Abend legte Max seinen Wunschzettel vor die Tür, natürlich mit einer dampfenden Tasse Kakao und einem Teller voll leckerer Plätzchen. Genauso wie Max legte auch jedes andere Kind den Wunschzettel vor die Tür. Die Eltern taten es ihnen natürlich nach, denn keiner wollte ein Weihnachten ohne Geschenke.

Um Mitternacht schwirrten die ersten Engel auf die Erde hinab und sammelten die unzähligen Wunschzettel ein. Es folgte eine zweite Schicht, die die vergessenen Wunschzettel einsammelte. Es war wirklich nicht normal: Jeder Engel musste sicherlich so viel wie eine Ameise tragen. Das Doppelte seines Körpergewichtes. Im Himmel angekommen wurden die Briefe gelesen, überflüssige und dumme Wünsche wurden durchgestrichen. Nachdem die Wünsche auf Produzentenzettel übertragen waren, fingen die Engel sofort damit an, die Wünsche zu verwirklichen. Die fertigen Geschenke packten die Engel ein und luden sie auf viele Schlitten. Auf den Schlitten saßen wieder Engel, die die Geschenke zu der himmlischen Kutsche des Christkindes transportierten. Diese himmlische Kutsche stand in einer Garage, an einem versteckten Ort, von dem nur ein paar Engel wussten, damit der Teufel nichts davon mitbekam. Am 20. Dezember standen alle Geschenke bereit in der Kutsche vom Christkind. Das Christkind kannte den Ort des Versteckes noch nicht. Spät in der Nacht schlich sich der Teufel in das Haus des Christkindes. Ein paar Engel sprachen gerade über das Versteck, natürlich mit dem Christkind: „ Es ist in der Himmelsbiegung zum Wolkengrund. Die Garage ist hinter zwei dicken Wolken versteckt."

Lachend ging der Teufel davon ... sofort machte er sich auf den Weg zum Versteck. Dort angekommen schwang er sich auf die Kutsche, schwang die Peitsche, und die himmlischen Rösser sprengten voraus. Dieses Weihnachten müsste dann eben ausfallen, die Kinder würden heulen, und die Eltern wären ratlos. Genauso stellte sich das auch der Teufel vor. In der Hölle parkte er die Kutsche und legte sich lachend in sein Schwefelbad. Sein schwarz verkohltes Herz pochte übermütig vor Schadenfreude.

Am 23. Dezember eilte das Christkind zu der Garage, begleitet von zehn Hilfsengeln. Beim Garagentüraufmachen blieb dem Christkind fast das Herz stehen. Erschrocken dachte es sofort an den Teufel. Traurig und wütend zugleich stapfte das Christkind nach Hause. Doch da kam ihm eine tolle Idee. Schnell erzählte es allen Engeln davon. Alle machten sich bereit für den Flug zu einem bestimmten Haus. Jeder Engel zu einem anderen.

Max wartete und wartete. Wo blieb nur das Christkind? Wann würde es endlich kommen und endlich die Geschenke bringen? Er wollte seinen Hamster füttern und seine Computerspiele installieren.

Gegen Abend hörte man ein leises Klingeln, und ein Engel stand im Zimmer. Erschrocken sah sich die Familie um und stammelte: „Was jetzt los – Bescherung mit Geschenken – eigentlich heimlich – früher ..."

Sanft sprach der Engel: „Ihr denkt nur an die Geschenke. Den eigentlichen Sinn von Weihnachten habt ihr völlig vergessen. Es ist ein Fest der Freude über Jesu Geburt. Die Geschenke sollen eigentlich nur ein kleiner Nebeneffekt sein. Für euch Menschen sind die Geschenke wichtiger als das gemeinsame Beisammensein und das Erinnern an Jesu Geburt. Lest ihr einmal die Weihnachtsgeschichte? Denkt ihr einmal an die Geburt Jesu und an die Hirten im Felde? Sicherlich nicht! Dieses Jahr wurde uns die Kutsche mit den Geschenken gestohlen. Vom Teufel persönlich. Eigentlich ist das sehr gut! Einmal sollt ihr lernen, richtig Weihnachten zu feiern, Lieder zu singen und festlich zu tafeln."

Langsam antwortete Max: „Früher dachte ich nur an die Geschenke. Der richtige Sinn des Weihnachtsfestes wurde mir noch nie klar. Nun werde ich ein anderes Weihnachten erleben, ein wahrscheinlich sehr schönes Weihnachten."

In den anderen Familien lief es genau gleich ab. Als der Teufel das sah, wurde sein kohlschwarzes Herz wieder rosig und pochte freudig. Entschlossen schwang er sich auf die Kutsche und fuhr hinauf auf die Erde, um die Geschenke höchstpersönlich auszuliefern. „Das verleiht mir ein völlig neues Image", dachte er. „Und warum soll ich an Weihnachten nicht auch mal Urlaub machen? Sonst kriege ich womöglich noch einen Burn-out ..."

So bekam doch noch jede Familie ihre Geschenke. Nun war aber eines klar: Die Geschenke waren nur noch ein schöner Nebeneffekt. Das Erinnern dagegen, das gemeinsamen Feiern und Schmausen wurde nun sehr hoch geschätzt. Dieses Weihnachten wurde zum schönsten Fest aller Zeiten, und die Engel beobachten immer noch Familien, die so handeln wie die damaligen. Solche Familien mag das Christkind gut leiden. Welche das wohl sein mögen?